逆时针转

Widdershins

［英］奥利弗·奥尼恩斯 著

许庆红 郝玲 译

上海文艺出版社
上海故事会文化传媒有限公司

编委会

总策划 夏一鸣

主　编 黄禄善

副主编 高　健

编辑成员（按姓氏拼音为序）

蔡美凤　高　健　胡　捷

黄禄善　吴　艳　夏一鸣　杨怡君

名家导读

/ 肖惠荣

肖惠荣，女，江西樟树人，文学博士，2008年毕业于北京师范大学比较文学与世界文学专业，现为江西师范大学文学院教师，兼任江西师范大学叙事学研究中心副主任、江西省外国文学学会副秘书长，主要从事外国文学及叙事学的教学与研究工作。已在《外国文学研究》《甘肃社会科学》《江西师范大学学报》（哲社版）等核心刊物发表相关学术论文数篇，其中《叙事的无所不在与叙事学的与时俱进》（第一作者）被人大复印资料《文艺理论》转载。译著有《香烟、高跟鞋及其他有趣的东西：符号学导论》（第一译者），主持江西省社科规划课题、江西省高校人文社科课题、江西省哲学社会科学重点研究基地重点课题各一项。

与正统文学相比，作为通俗小说类型的悬疑小说较为特殊。悬疑小说在内容、情节和人物设置等方面，均与传统小说不同。悬疑小说主要以悬疑为内容主线，其"悬"即"悬念"，而"疑"即"疑团"。悬疑小说以怪诞离奇、曲折复杂的情节为主线，埋下重重伏笔，环环相扣，营造出一种扑朔迷离的文本效果。在人物设置上不及传统小说那么丰富，只有几种特定的人物类型，而主要人物便是悬念设置者。

小说通过对主人公心理活动的细腻刻画、对恐怖环境氛围的烘托，满足读者的好奇心和猜测感，以此达到引人入胜、扣人心弦的阅读效果。由于悬疑小说自身兼具通俗性、民间性与非主流性，因此，它很长一段时间没有受到文学研究的重视，也没有赢得大众的喜爱。但随着经济的发展，人们精神世界的不断富足，人们的阅读习惯和审美取向也发生了一定的转变。在日趋加重的生活压力之下，人们有一种猎奇、神秘的心理需求，更渴望通过娱乐休闲的方式来放松心灵、宣泄情感，因此悬疑小说才重回大众的视野。

《令人神魂颠倒的美人》原作者奥利弗·奥尼恩斯，全名乔治·奥利弗·奥尼恩斯 (George Oliver Onions, 1873–1961)，出生于英国约克郡布拉德福德的一个普通家庭，父亲是银行出纳。他从小就喜爱绘画，身边的人都鼓励他向职业画家方向发展。在伦敦国家艺术训练学校（现皇家艺术学院）度过了三年学习生涯。1897年他获得一笔奖学金，只身一人前往法国巴黎深造。回到伦敦后，他先是成立个人工作室，依靠广告设计和书籍插图谋生，继而受聘哈姆斯沃思出版社，出任美术编辑。在此期间，奥尼恩斯结识了著名战争言情小说家伯尔塔·拉克 (Berta Ruck, 1878–1978)，两人相爱结婚，并育有两个儿子。尽管奥尼恩斯在生前享有杰出实验主义小说家的美誉，甚至还有人把他比拟成戴·赫·劳伦斯 (D. H. Lawrence)、赫伯特·威尔斯 (Herbert Wells) 或其他的现代主义小说家，推崇备至。然而，在他去世之后，头上的光环逐渐褪色。这一方面固然是时过境迁,与读者、评论家的欣赏口味和评价标准不断改变有关,但另一方面,也与他的超自然恐怖小说太过优秀而掩盖了主流小说以及其他类型通俗小说的光辉不无联系。加汉·威尔逊(Gahan Wilson, 1930—2019)认为,奥尼恩斯作为"英语鬼故事作家","即便不能说最好,也可说在最好的之列"。阿·麦·伯雷奇(A. M. Burrage, 1889—1956)也认为,奥尼恩斯的超自然作品"有一种令读者毛骨悚然的魅力","除了惊悚的享受,还有伟大的文学成就"。埃·富·布莱勒(E.F.Bleiler, 1920—2010)更是直接把《逆时针转》(Widdershins)誉为"超自然恐怖小说史上的里程碑"。《逆时针转》是奥尼恩斯第一部,同时也是他最精彩的一部超自然恐怖小说集。

该小说集内含六个中、短篇。首篇《令人神魂颠倒的美人》讲述了一个让人不寒而栗的"鬼"故事。其独特之处在于,小说里的"女鬼"只闻其声,不见其身,可谓是神秘莫测。作者巧妙地给她披上了一层神秘的面纱,等待着读者自己随着故事的发展而去揭开它。她到底是真的"女鬼",还是主人公保罗·奥列龙心里有鬼,一切都要由读者来一一揭晓。然而,也正是这种独特的"鬼魂"处理方式,让该小说超越了一般的传统的鬼故事,成为众口交誉的名篇。故事讲的是作家奥列龙为了排除外界的干扰和杂念来创作一部"最伟大的作品",搬到了一栋僻静的房子里,主人公本人对这栋房子有着极深的感情,但后来得知这是一栋死过人的鬼屋,而前主人也像他一样是位艺术家。他一开始创作的小说原型是自己的新闻记者女友埃尔希。然而，在这所房子住得越久，奥列龙愈来愈对这个基于埃尔希创作的女主人公不满意，并且对他女友本人也十分不满意，尤其是在埃尔希要求他搬出这幢房子的时候。他决定要重头再写，塑造一个完全不同的女主人公，就以他在房子里听到的声音的歌词来命名，叫作《令人神魂颠倒的美人》。奇怪的是，他真的感觉到屋内有这样一个"美人"存在，甚至还听见一个女人轻梳头发的声音。起初他感到恐惧，但不久便习以为常，并与女友埃尔希分手，移情这个"女鬼"。但诡异的是，与此同时埃尔希莫名其妙地连遭伤害。接着日复一日，奥列龙变得疯狂，焚毁已经写就的书稿，狠心地斩断同埃尔希的联系，把自己锁在卧室内，不吃不喝。最后朦胧中，他依稀记得警方破门而入，把奄奄一息的自己送进医院，而那些平素不来往的邻居，显得格外义愤填膺，在门外叫喊着。虽然小说中人物不多，但作者将房东巴雷特先生和他的太太这样的小人物也刻画得入木三分。该小说集中的其他五个篇目，虽然叙述视角、情节架构、人物塑造各异，但仍然延续了亦真亦幻的模糊鬼魂处理方式。譬如《罗厄姆》，同名男主角是一个极其聪明但性格古怪、不善交际、举止异常、来无影去无踪的怪人。他对声音特别敏感，尤其是对"回声"有种莫名的恐惧，总觉得有什么在追赶他，这回声甚至能穿过他的身体，为此，他开始盘算如何摧毁这个隐形物。小说通过"我"——唯一一个与罗厄姆关系较好的同事和他之间的交谈，展现了两个人鲜明的性格特征。这篇小说的悬疑在于，罗厄姆每次举止异常的时候，"我"都恰好在他身边或不远处。《本利安》中，同名男主角也是个怪人，一位疯狂的雕塑家，雕塑的人像不但面目可憎，而且具有邪恶神灵一般的魔力。还有人说他是个怪人，因为照片无法拍到他，连X光都无法穿透他。而作者通过"我"——一名微型画画家——对那雕像态度的改变埋下了一个伏笔。虽然本利安目中无人，但"我"还是对他产生了崇拜感和好感。因为本利安一直强调，艺术家们要全身心投入到自己的作品中，因此他一心想着与自己的雕像合二为一。《伊娥女神》是以希腊神话为背景，其中涉及酒神、农牧之神以及各种各样的神话故事。女主人公就是"伊娥"的化身，她重病缠身，总是在梦境和现实中徘徊不定。跟《令人神魂颠倒的美人》的主人公一样，她总是能听到一种声音在呼唤着她。本篇运用了大量约翰·济慈《恩底弥翁》中的诗句来呈现两个错位或平行的世界，增强亦真亦幻的故事效果。同样，《事故》和《香烟盒》中起着关键作用的核心悬疑要素也是这一科幻小说描述的时间错位，或者说是平行世界。但不同之处在于，《事故》所处的时空是无限循环的，故事讲的是主人公罗马林目前是一位荣获诸多荣誉和学位的著名画家，也是皇家艺术学院的正式会员（这一点跟作者自身的生平有着紧密的联系），而他的记忆却总是模糊的，小说的主要情节聚焦他跟一位老友也是宿敌马斯登，在多年前两人打过架的一家餐厅的一顿晚餐。作者同样也是通过两人的对话，塑造了两个几乎完全相反的人物形象。《香烟盒》是以法国为背景，涉及大量的法国地名以及历史事件。以主人公洛德向众人讲故事的方式，将这个故事展现给读者。洛德二十四岁的时候跟好友卡罗尔去普罗旺斯游玩，误入了一个平行时空，遇到了很多年前的两位英国女士，并被邀请去家中做客。但第二天却发现前天晚上所去之处竟是一栋年久失修的房子，周围破败不堪。作者通过对普罗旺斯一带自然风光和时代特征的描写，仿佛也将读者带进一个美妙的平行时空。

  总体而言，奥尼恩斯的写作手法独具匠心。在人物刻画方面，笔下的主人公大多都是行为怪异、禀赋超然的艺术家，作者通过人物之间简单易懂但暗藏玄机的对话来描写人物的心理活动，呈现人物离奇怪异的性格特征。在环境描写方面，作者笔法细腻，注重选择词汇意象，采用了一些比较凄凉而又阴冷的字眼，为整个故事的发展奠定了阴郁的基调。情节方面，通过设置环环相扣的故事，起伏有致、张弛相济，不时造成幽暗、紧张与恐惧的气氛。而在制造悬念方面，作者大多采用半封闭性悬念，也就是在设置悬念的时候，并没有完全隐藏真相，而是故意露出一点端倪，使读者可以通过故事的情节进行一定的联想与猜测，并感受自己对故事的情节走向有一定的预判，从而产生一种朦胧的预感，由此便会更急切地想要找到更多的细节和证据证明自己的预感，而结局往往是既在读者意料之外，又在读者意料之中。同时，作者还擅长运用声音叙事（鬼魂或物体）来衬托情感——愤怒、怨恨、悲伤、震惊，各种执念。虽然小说中并未出现直接的恐怖画面，但形形色色、不一而足的声音的出现，足以让绵长的阴冷感和恐惧感一直萦绕在读者的脑海里。从景到人，从人到事，从事到心，每一笔刻画都旨在营造一种悬疑的效果。总之，该悬疑小说在思想上充满了对人的精神、理智与灵魂的思考，在叙事上兼具力度美和节奏感，这一切皆源于奥尼恩斯自身的认知能力、丰富的人生经验、高超的写作技巧以及丰富的想象力。

Contents

令人神魂颠倒的美人   1

罗厄姆   96

本利安   119

伊娥女神   150

事故   174

香烟盒   198

令人神魂颠倒的美人

I

自打这个小三角形"广场"上的住户们搬到这儿起,那三四块上面写着"出租"的木广告牌就一直立在那低矮的栅栏里。那些牌子很久之前可能是竖得直直的,但如今却东倒西歪、横七竖八地悬挂着。它们像极了一排木斧头,仿佛会砸到路人,但直到现在,这栋老房子源源不断的"客流"并未因此而减少。倒不是说没什么大"溪流"流经这个广场,这儿就有这样一条溪流,它流经广场的长度有二百多米。这栋老房子建成以来,四周不断涌现出廉租屋、小巷子和小路,它们错综复杂,将小溪完全包围起来。也许这栋老房子本身只有等到一两个租期到期才会有空房，到时候附近一带肯定会被清理干净。

这栋房子是用古老的红砖砌成的，墙壁上嵌着一些早已不复存在的保险公司的王冠、紧握的手和其他标志。住在这偏僻广场上的孩子们总是在巷子入口尽头的矮门上荡来荡去，直到门上只剩下一根结实的门闩。这条巷子一直延伸到那扇用木板封住的地下室窗户，流浪汉们还用粉笔在窗户上留下了神秘的记号。这条小路被隔壁房子的屋檐溅出来的水冲刷得凹凸不平，猫猫狗狗们也把这条路视为己有。租客们似乎不大可能让木牌上的"出租"二字保持清晰和完好，事实上，木牌也没被保持在这样的状态。

六个月以来，奥列龙从自己的宿舍到上班的地方都会路过这栋老房子，也就十分钟的路程，因此他每天都要路过此地至少两次。但在过去的六个月里，他在往返工作的路上却从未见过像斧头一样的木广告牌。这可能是因为他经常从广场的另一边走。但有一天早上，他偶然从不同往常的另一边走，途经破旧的大门和被雨水冲刷的巷子入口，接着便在一块倾斜的木牌前停了下来。木牌上除了中介的名字，还有一条通知，显然年份已久了，差不多是在奥列龙少年那个时期写下的。此外还写着钥匙在六号房间。

奥列龙目前已经为自己单独的卧室和工作室花了不少钱了，超过了一个没有个人收入且惯性地忽视公共生活的作家所能承担的。此外，他还要为存放祖母的大部分家具而支付一小笔租金。他躺在床上想看的书，往往在离卧室半英里或更远的工作室里；又或是他在白天工作时忽然需要的通知或信件，却放在挂在卧室门后外套的口袋里，这样的事情经常发生。拥有一个卧室和工作室分离的住所还有其他的不便之处。因此，奥列龙在这块像斧头一样的广告牌前停下了脚步。他先透过稀疏的女贞树丛低头看着那扇用木板封住的地下室窗户，然后抬头望向一楼那扇空空荡荡、脏乱不堪的窗户，接着望向二楼以及管道顶部的平板石。他站了一会儿，用拇指拨弄着他那瘦削的、刮得光光的下巴，接着又扫了一眼广告牌，最后慢慢地穿过广场来到六号房间。

他敲了敲门，然后等了两到三分钟。门虽然是开的，但却没有人回应。他又敲了敲门，这时一个穿着短袖衬衫的长鼻子男人出来了。

"我正在做饭前祷告。"那个男人一脸严肃地解释道。

奥列龙问男人能不能把老房子的钥匙给他，但那个长鼻子男人回到了屋子里。

奥列龙在台阶上等了五分钟。接着那个男人又出来了，一边说话一边嘴里还吃着东西，说那把钥匙丢了。

"可你用不着，"那个男人说，"大门没关，其他的门推一下也都会开。我是这栋老房子的中介，如果你有意向租它的话……"

奥列龙再次穿过广场，从那破旧的院门往下走了两个台阶，穿过那条小巷，拐进那破旧的大门口。右拐便可以走进另一扇门，还有楼梯到底下宽敞的地窖。他面前的楼梯还有一个雕花扶手，大气而优雅，但是很脏。奥列龙避开扶手和墙壁，小心地走上楼梯，然后在第一个楼梯平台停了下来。迎面的门被木板封上了，但他用右手推了推，一个不牢固的螺丝钉掉了下来。就这样，他走进了空荡荡的一楼。

他在里面待了十五分钟，然后又出来了。他没再往上走，而是下了楼梯，再次穿过广场，来到弄丢钥匙的那个家伙的屋前。

"请问房租是多少？"奥列龙问道。

那个人给了一个数，而相对较低的价格似乎也是考虑到周围环境的特点以及这地方年久失修且破败不堪。

"只租一层可以吗？"

"那个长鼻子男人不知道，他们也许会……"

"他们是谁？"

那个人给了奥列龙一家林肯律师学院律师事务所的名字。

"你可以报我的名字——巴雷特。"男人补充道。

由于工作原因，奥列龙不能当天下午就去林肯律师学院，但第二天他就去了。律师一见到他就提议付五十英镑的首付买下整栋房子，然后剩下的按揭。他花了半个小时才打消律师的念头——他只想租一层，对整栋楼绝无其他想法。这样一来，弄得律师支支吾吾，因为他也不确定自己是否有权力能按照奥列龙提议的那样去做；但他最后还是提出，如果还允许广告牌挂在那儿，并双方同意，倘若整栋房子被出租的话，这种只租一层的约定将自行终止，无须另行通知，那么也许可以再想想办法。对奥列龙而言，几乎没有什么风险，因此他答应律师一周之内做决定。第二天，他又从上到下仔仔细细地参观了那栋老房子，之后便回到自己的住处洗了个澡。

奥列龙已经决定租下这栋老房子的一楼。墙壁刮干净再重新粉刷一遍，然后配上他祖母的那套旧家具，可称得上是美轮美奂了。他去仓库看了看那些都快被遗忘的物品，并量了尺寸，之后便去了一家装修店铺。他日常的工作很忙，因此他觉得自己要是早几个月或者今年晚些时候注意到那块广告牌就好了，目前最快的方法就是在搬好家之前得完全放下手头的工作。

两周以后，一楼刷好了柔和的接骨花白色油漆，油漆也已经干了，奥列龙正在进行安装工作。他兴高采烈地搓了搓手之后，开始擦拭并处理祖母的遗物——一个高高的博古架柜子，格子里面有德比、梅森以及斯波德品牌的瓷器。还有喜来登牌的大折叠桌，很长但是不高的书架（其中两个是他仿制的）、椅子、谢菲尔德烛台、铆接的玫瑰碗。他把这些东西靠着新粉刷的乳白色墙壁放好——墙壁是用木板镶嵌的，比例恰到好处，镶嵌在低矮的窗边，连造房子的人都不一定能营造出这种愉快且宁静的氛围。天花板很高，隐隐约约可以看见上面画着古老的星星图案。甚至就连那铁制壁炉的锥形装饰也设计得像珠宝一样精美。奥列龙一边搓着手，一边走来走去，时不时地停下来，只为了感受从一个白色房间走到另一个房间瞅瞅的乐趣……

"美哉美哉！"他自言自语道，"我真想知道埃尔希·本戈看到这房子该怎么想！"

他买了一个门闩和一把耶鲁锁，然后将自己住的地方和房子的其他地方隔开了。如果现在想在床上看书，他就可以去隔壁房间拿一下。他一直在想，自己是何其幸运能租到这房子。他在小方厅里放了一个帽架，挂上了各种帽子和外套；深夜，路人们穿过三角广场，抬头望着那排靠得紧紧的斧头似的"出租"木牌，他们可以看见来自奥列龙的红色百叶窗里的光线，或者一下子又忽暗忽明。此时奥列龙手里正拿着烛台，从一间房走到另一间房，把他的家具最后再收拾一下，或是准备继续那因搬家而耽误的工作。

II

就一生中至关重要的事业——写作而言，保罗·奥列龙可以说是"世界以痛吻我，而我报之以歌"。但是他也很少费心去权衡利弊，或是算一下在四十四岁这个年纪，他已经因重重险阻落后了多少。这样做非但不会改变现状，可能还会让奥列龙平添烦恼。他已经选择了自己的路，并决心要走下去，绝不可能退缩。也许选择这条道路的时候，他容易被那些有点儿公正无私、慷慨大方、高尚正义之人或事所左右。尽管他也曾质疑过自己，但他仍然坚持认为，公正无私、慷慨大方和高尚正义是他生活中不可或缺之物。直到最近，他才罕见且隐约地怀疑除了写作以外，人生中是不是还有更多的事情可以做。但是他认为，预计自己哪一天能走上人生巅峰是无意义的，因为他深知巅峰之后不可避免会走下坡路，还得面临这样一个问题：如果不那么迫切地想要实现自己的梦想，会不会受益更多呢？

与此同时，他搬进这栋墙面有保险公司标志的老砖房里，也只是在第十五章打断了《罗米莉》的写作。

当这个长着苦行僧般瘦脸的高个子男人在他的新居走来走去时，对于屋内一切事物进行安排、调整和更换，而工作上却没有什么新进展，他给人的印象就是独身之人精致讲究和注重细节。二十年来，他换过许多住所，有阁楼、公寓，有家具的和没家具的房间。因此，他已经习惯自己做很多事情，而且他也发现这样不仅节省了时间，还历练了他的好脾气，现在，他做什么事都可以有条不紊了。他和长鼻子巴雷特的妻子商量好了，那是一个胖胖的威尔士女人，她虽然长期居住在伦敦，但梅里奥尼思郡的口音并没有明显改变，每天早上她会穿过广场来给他准备早餐，周六早上打扫房间。至于其他的，奥列龙甚至享受干点儿家务活，从写作的紧张状态中放松一下。

他的厨房，连带隔壁装有现代浴室的单间，都可以俯瞰房子旁边的一条小巷。在厨房的另一端是一个带门的大壁橱，门的顶端还有一个方形的滑动口。这原来是一个弹药柜，打开柜门，可以看见精心装饰过的柜顶，其设计是为了存放已经上膛、准备好扣扳机的火药枪。奥列龙对这个壁橱有点儿困惑，但一想到它的用处，他微微一笑，甚至还有点感动，他其实也不知道是怎么回事……他肯定不会再把它当作弹药柜了，可能会当作食品储藏室……就是在这个壁橱里，他发现了一些东西。壁橱后面有一个嵌在墙上的架子，他在上面翻找着，发现了几个蘑菇形状的旧木制假发架。他不知道这几个假发架是怎么来的，肯定是那些油漆匠从别的地方发现的，然后放在这里的。但是在所有的房间里，没有壁橱和衣帽间，而且他费尽心思才找到地方来存放家用亚麻织品、箱子，还有那些几乎没用过但也不会销毁的堆积如山的文件。

奥列龙是在早春时候搬进这栋房子的，他急于完成《罗米莉》以便能在今年秋天出版。不过，他也没有打算一定要在那时候出版。如果这部作品需要更长的时间，那就更糟了。他意识到该作品的重要性，对于他的艺术发展而言至关重要，因此必须要有时间的积淀。在他搬家之前，工作上进展颇丰。就像俗话说的那样，"罗米莉"已经活灵活现了，她开始有自己的想法和行动了。毫无疑问，他搬家的插曲一结束，《罗米莉》肯定会继续写下去。搬家基本快要结束了，他告诉自己是时候重新振作起来了。三月的一个早晨他出去了，回来的时候带着两大束黄水仙花，他把一束花放在壁炉上，夹在谢菲尔德烛台之间，接着再把另一束花放在面前的桌子上面，把完成一半的《罗米莉》手稿拿了出来。

但在开始工作之前，他走到一个小红木橱柜前，从一个抽屉里拿出他的支票簿和存折。奥列龙合计了一下，他那苦行僧般的脸上露出若有所思的表情。房子的装修费超过了他的预期，手头剩下的钱还不到五十英镑，眼下也不会挣到更多的钱了。

"哎呀！我还忘了地毯和印花窗帘之类的东西，这样一来钱就花得更多了。"奥列龙说道，"但如果为了省十英镑左右的钱就破坏这栋房子的意境，那就太可惜了……反正《罗米莉》肯定能在秋天出版，就这样吧。也就这样了……"

他把那些手稿都拿到自己身边。

可是他的工作状态很糟糕，甚至可以说是根本没法儿工作。屋外广场的噪音不断，此消彼长，奥列龙一心所想的就是能快点适应这些噪音。开始是一边推着手推车一边叫卖的小商贩们。到了正午就是放学的孩子们，成群结队地涌进广场，在奥列龙的门口荡来荡去。等到下午孩子们上学的时候，一个在街头四处流动表演的音乐家就站在奥列龙的窗下，拿着曼陀铃开始演奏。这音乐声虽使人分心但柔和愉悦，奥列龙推开窗户丢给那音乐家一便士，接着又回到桌前……

但这都无济于事。隔了很长一段时间，他才回过神来，发现自己一直在环顾自己的房间，想知道它以前是怎样布置的——远处的窗户下是不是有一张毛茛或牵牛花图案的绸缎长靠椅？高高的天花板中间是不是悬挂着一盏闪烁的水晶吊灯？手鼓架或小桌又放在哪儿呢？……不要想了，这也没什么用；老实说他现在什么也不做，总比徒劳无功地感到疲倦要好得多。因此，他决定出去走一走，但坐了一会儿就在椅子上打起盹来。

"这不行。"下午四点半他醒来的时候打了个呵欠，"明天我一定要比今天做得好……"

他感到懒洋洋的滋味真好，有几分钟他甚至想取消晚上的约会了。

第二天早上，奥列龙坐下来就开始工作，甚至都没想着去回信——他收到三封信，其中两封都是商人的往来账目，第三封来自本戈小姐，是从他原来的旧地址转寄过来的。今天是美好的一天，蓝天白云、微风和煦、万物生长；他房间里的光线变幻不拘，时而明亮时而柔和，广场上空的耀眼，白云朝着东北方向翻滚而来。柔和温暖而又断断续续的亮光映在擦得锃亮的桌面上，还映在磨损的旧地板上，清晨的喧闹又开始了。

奥列龙在纸上画了一连串的小点，然后停下来把那瓶水仙花移到奶黄色面板的正对面。他接着写了一个句子，只有几行字，然后他突然开始做笔记或是注释。他一度说服自己写备忘录也是在工作，接着他起身在房间里踱来踱去。正当他走来走去的时候，忽然心血来潮。如果房间颜色更靓丽一点没准就更好了。但也许这个想法过于苍白无力，就像一张老年人温和亲切的脸，却有点儿了无生机，甚至是苍白乏力……是的，很明显这个想法会导致开销更大——需要更多且更富丽的花，可能还要有些令人温暖而又欢快的东西放在飘窗的坐垫上……

"当然，我也买不起。"他嘟囔着，走了两英尺然后开始量窗台的宽度……

在弯腰测量窗台的时候，奥列龙突然变得饶有兴趣且全神贯注起来。不一会儿，他站起身来，开心地搓着手。

"哦嗬，哦嗬！"他兴奋地说道，"如果钉牢的话，这些真的好像窗盒。我们得仔细研究研究这个！好的，那些是箱子，如果我……哦嗬，这可真是一次冒险！"

客厅的那面墙上有两个窗户（第三个在另一边的角落里），那边敞开门的卧室里，同一堵墙上还有一个窗户。所有的座椅都刷过漆，重刷了一遍，又再刷了一遍，一共刷了三遍。而奥列龙闲不下来的手却几乎没有发现油漆底下的针头。他在弯腰测量的那个窗台下面，看到一个被盖住的旧锁眼。奥列龙拿出了他的小刀。

他仔细地鼓捣了五分钟，然后走进厨房拿了锤子和凿子。他小心地把凿子凿进基座底下，然后轻轻地掀开盖子。又用小刀沿着铰链的边缘和末端往外撬，接着他又拿来了楔子和木槌。

"现在我们来揭晓我们的小秘密……"他说道。

锤在楔子上的木槌声在这间温馨而苍白的房间显得有些残忍——非但如此，甚至可以说是令人震惊了。木质镶板先是嗡嗡作响，紧接着颤动起来嘎嘎作响，就像一块共振板。整个房间似乎都有回声，从宽敞的地窖到上面的阁楼，似乎都环绕着一连串的回声。听到这些声音奥列龙还有点儿紧张。他突然停下来，拿起一块抹布盖在木槌上……当可以完全将其边缘抬起来时，奥列龙把手指伸了进去并撬了起来。油漆掉了下来还能看见一点亮光，生锈的旧钉子也吱吱作响，盖子打开了，底下的一个盒子也打开了。奥列龙仔细地往里面瞧了瞧，除了一些发霉的铁锈和蜘蛛网，里面什么都没有。

"这儿没有什么宝藏。"奥列龙说道，一想到自己还幻想着这里有宝藏，他都觉得有点好笑，"反正《罗米莉》今年秋天就要出版了，我再去其他地方瞧瞧。"

他转向第二个窗户。

他把剩下的两个基座抬起来，就这样一直忙到下午。卧室窗台底下就像第一个一样，也是空的。但在客厅里的那个座椅底下，他取出一件叠起来的柔软的东西，上面积着超过一英尺的灰。他把那东西拿进厨房，把它放在桶上轻轻地扫了一遍，又拿了一块抹布给它掸了掸。

那是一个绒制的老式大袋子，当完全铺开的时候，能铺满大半个小厨房的地板。就形状而言，它是一个极其不规则的三角形，它还有几条宽大的袋边，剩下的就是一些皮带和扣环。折叠处的补丁大多都是快褪色的黄棕色的，其余的部分是深红色的，颜色的深浅因为暴露的程度而有所不同。

"现在这到底是怎么回事呢？"奥列龙站在那里打量着这个大袋子，沉思着……"无所谓了，不管是什么，就当作是我今天所完成的工作，恐怕……"

他漫不经心地把它折起来，随便丢到厨房的一个角落，接着拿起锅、刷子和一把旧刀。他回到客厅开始将自己新找到的小箱子刮磨、洗净，并在里面垫些纸。弄完以后，他把不常用的靴子、书和文件放了进去，又盖上了盖子，这小小的冒险让他觉得十分有趣，但也有点着急，盼着能好好坐下来安心继续写书。

III

奥列龙的朋友本戈小姐只是随意扫了一眼他自认为极其迷人的房间就走到一边，这让他有点不高兴。实际上，她连看都没看一眼。可是她或多或少一直都是这个样子——有点儿对生活中的美好漠不关心，也不修边幅；与遵循礼仪传统的正式晚餐相比，吃纸袋里的饼干更让她感到自在。

本戈小姐今年三十四岁了，还没结婚，是一名记者，身材高大，十分抢眼，皮肤又白又嫩，像黄油般丝滑，如野蔷薇般粉嫩，让人不禁想起花匠精心挑选的花朵标本，不仅如此，她动作突兀而夸张，话语温润而富有爆发力。（用她自己的话说）"她比奥列龙更受欢迎"。她的衣服特别多，从自己各式各样的衣服中"扒拉"出一些，都能当成布商和杂货商了。她走路带风，面纱和围巾也随之飘舞旋转。

当奥列龙搬到新家一个月之后，他听到了本戈小姐的裙子掠过楼梯的声音，还有她那响亮的敲门声。她的衣服上带着室外空气的味道，接着她将一捆女性杂志扔在椅子上。

"希望没有打扰到你。"她一边含含糊糊地说着，像是嘴里含着大头帽针一样，一边摘下帽子和面纱，"我不知道你是否吃了早饭，所以我就带了些三明治当午餐。我想你应该喝了点咖啡，对吧？——你不要起来了，我自己会找到厨房的——"

"哦，没关系，我来收拾这些东西。说实话，我还希望被打断呢。"奥列龙说道。

他把手稿收拾好放在一边。她已经在厨房里了，他听到水流进水壶的声音。他也进了厨房，十分钟以后他端着托盘里的咖啡和三明治跟着她一起回到了客厅。他们坐了下来，托盘就放在两人之间的桌子上。

"嗯，你觉得这新房子怎么样？"奥列龙在她倒咖啡的时候问道。

"呃……保罗，人们都以为你要结婚了。"

他笑了。

"不会吧。但对某些人来说，这也算是一点进步，对吧？"

"是吗？可能是吧，我不清楚。我还是喜欢你上一个住所，虽然那儿天花板是黑的，也没有水龙头。《罗米莉》写得怎么样了？"

奥列龙摸了摸下巴。

"唉，我都不好意思跟你说。实际上，写得不是很理想。但就像你常说的，船到桥头自然直。"

"卡住了吗？"

"有点卡住了！"

"有什么想读给我听的吗？"

长期以来，奥列龙都有一个习惯，就是偶尔将自己作品中的片段读给本戈小姐听听。她的评价总是快而准，有时是一针见血，有时是通过弦外之音给出建议。作为对他信任的回报,本戈小姐也总是刻意回避自己的工作,因为在她看来,奥列龙的写作才是"真正的工作",而她的建议只是做点填充,无足轻重,甚至在语法上也帮不上忙。

"恐怕没什么可读的。"奥列龙回答说,依旧若有所思地用手刮着下巴。接着他坦率地加了一句,"实际上,埃尔希,我好久没写了——或者说没有真正地写——也可以说没有写很多——其实一点儿也没写了。然而,当然这并不意味着我毫无进展,在某种程度上而言,我取得了惊人的进展。我在考虑重写这本书。"

本戈小姐倒吸一口凉气:"重写!"

"将罗米莉塑造成一个另一种类型的女性角色。不知怎么的,我感觉她并没有充分展现我的写作水平。照这个样子看,在一定程度上我对她失去兴趣了。"

"但是——可是——"本戈小姐抗议道,"你一直把她刻画得栩栩如生,保罗!"

奥列龙微微一笑,好像对本戈小姐的反对早有准备。他对于本戈小姐喜欢目前版本的《罗米莉》这件事,一点都不感到意外,她当然会这样。无论她自己是否能意识到,但在这部作品里有好多她的影子。难怪在她眼中,罗米莉看起来如此"真实"而又"鲜活"……

"可是保罗,此话可当真?"本戈小姐眼睛瞪得又大又圆,立马问道。

"当真。"

"你真的打算把前十五章都给撕掉吗?"

"我可没这么说。"

"那就好,是因为有太多感情戏?"

"非到迫不得已或是因为我想到了更好的东西,我才会删掉。"

"那段优美的,那段关于罗米莉在岸边的优美描述呢?"

"删掉那一段也没什么必要。"他有点不安地说道。

但是本戈小姐做了一个又大又夸张的手势,接着情绪还是落在了他的身上。

"真的,你太过分了!"她爆发了,并大声吼道,"我真希望有时候你能记住,自己只是个生活在人世间的凡人!你也知道我最不愿意让你降低标准,但是如果降低标准能让你理解人类正常的交流那也无妨。天啊,你有时候也太不食人间烟火了吧……为什么要这样做?撕掉整整十五章简直是暴殄天物,也是白白浪费掉你的才华!好吧,请你理智一点吧。你为此花费了将近二十年的心血,你一直努力奋斗的目标已经触手可及了,你的事业也到了最关键的阶段(哦,不用你说,我也知道你快没钱了);而你呢,却在这儿故意提出要放弃一个可能会让你名声大噪的作品,转而创作一个无人问津的作品——可不要甩锅给读者,他们没什么错!真的,你在挑战我的极限!"

在她说话的时候，奥列龙缓缓地摇了摇头。

这种情形在他俩之间见怪不怪了。这位聒噪、能干又务实的记者是一位可敬的朋友——在一定程度上的朋友；除此之外……好吧，众所周知，我们每个人之所以是独立的个体，是因为我们都有不能碰触的点。埃尔希·本戈有时会说，如果她拥有奥列龙十分之一的智商，她就无所不能——因此，这样一来，天赋就变成一种可定量分配的东西，一种可以在奥列龙作品中增减的成分。在本戈小姐的理解中，天赋是一种定性的东西，它必不可少，不可分割且能鼓舞人心。奥列龙知道，在那一点上，他们的思想就分道扬镳了，而她却好像不知道。

"对，对，对。"他有点不耐其烦地说道，"实际上你说得很对，完全正确，我无话可说。如果我能把《罗米莉》转交给你继续创作，你肯定会大获成功的。但是这也不行，就我而言，我非常怀疑这部作品是否值得我耗费心血。你懂我的意思。"

"你什么意思？"她直截了当地问。

"好吧，"他苍白无力地笑道，"当你觉得一件事不值得做的时候会是什么意思？你直接不干就完了。"

本戈小姐望向天花板，朝这个不可理喻的男人翻了翻白眼。"一派胡言！"她终于脱口而出，"为什么？上次我见到你的时候，你就像罗米莉上了身，身上都带着她的味儿，以每周四章的速度写作；如果你没有搬家的话,到现在你也应该完成了新的三章。究竟是什么让你在完成最重要的作品时中途搬家呢?"

奥列龙说了一大堆话,意思就是现在不太方便,想把她给打发了,但是她却不吃这一套。

她可能多少也猜到了其中的缘由。他十分厌倦自己穷困潦倒的生活。这样的生活已经有二十年了——二十年来,他住的都是小阁楼、小顶层,脏乱的公寓和破败的住所,他已经厌倦了这些破败不堪的东西。然而回报却是那么遥不可及——如果没有回报的话,他才不会像从前一样拼命努力想得到它了。告诉一个筋疲力尽的人,只要他再努力一点点就会成功了,这样做当然是无可非议的;但如果他做不到,那梦想还是跟以前一样遥不可及……

"不管怎么样,"奥列龙总结道,"我在这比以前长期居住的地方要开心很多,这也算得上是某种理由吧。"

"不工作当然开心了。"本戈小姐尖锐地指出。

听到这儿,奥列龙一直积攒的小情绪也忍不住了。

"凭什么我就应该除了工作以外什么也不做呢?"他逼问着,"一直工作,我会有多开心呢?我不是说我不喜欢我的工作,当完成工作的时候我也高兴,但我讨厌的是整个过程。有时候,写作的过程对我来说就是一种难以忍受的负担,我一心想要摆脱它。我还记得那些日子，在那些日子里我总是兴高采烈、激动不已。但如今每个星期只会有那么一刻，只有在那一刻，我才兴高采烈、激动不已。我如今已经四十四岁了，写作变成了一份苦差事。没有人想这样，我也不想这样，如果任何一个稍微有些理智的正常人问我，再继续写下去是否就是个傻子，我想我应该承认我是个傻子。"

本戈小姐表情严肃起来。

"但是你在很多很多年前就已经知道这些了，保罗，可你还是坚持选择了这条路。"她低声说道。

"唉，我怎会想到呢？"他再次逼问道，"我不知道，是别人让我这样选的。如果你愿意的话，是我的心让我这么选的，并且我以为我知道。年轻人总以为自己无所不知，然后有一天，才发现自己已经快五十了——"

"你只有四十四岁，保罗——"

"四十四岁了——才发现生活的魅力不在眼前，而在后面。对啊，我过去是知道并做了选择，如果这就是所谓的知道与选择……当我们年轻时候被迫做出选择，会付出昂贵的代价！"

本戈小姐低着头，目不转睛地盯着地板说道："保罗，你不是在后悔吧？"

"难道不是吗？"他责备道，"说实话，我最近是真的后悔了！我付出这么多我得到了什么呢？"

"你知道你会得到什么。"她回答。

他从本戈小姐的语气里听出来了，只要他动动手指，自己就能得到想要的东西——本戈小姐本人。本戈小姐心里知道但却不能告诉他，奥列龙已经做得非常好了。在这十多年的时间里，只要他开口向她求婚，她就会静静地回答："那好啊，什么时候？"而奥列龙却从来没有想过这一点……

"写作才是真正的工作。"她平静地继续说道，"没有你，像我们这样的普通人就没有存在的意义了，你们这类人都应该肩负重担。"

他俩一时间都沉默了。奥列龙忽然意识到这只不过是再庸常不过的抱怨了，但对他还是有些生疏。突然他站起身来，开始把杯子和盘子堆在托盘上。

"埃尔希，很抱歉让你看到我这副模样。"他笑了笑说道，"不用帮我，我把这些端出去，然后我们去散散步，如果你还愿意的话……"

他把托盘端了出去，然后带着本戈小姐参观了一下这栋房子。她几乎没做什么评论，只是在厨房里问了问那个被巴雷特太太当作木椅靠垫的已经褪色的红方绒布是什么东西。

"那个吗？要是你能告诉我那是什么就好了。"奥列龙一边回答，一边打开那个袋子，并告诉本戈小姐自己是怎么在窗台上发现它的。

"我想我知道那是什么了。"本戈小姐说道,"应该是先用它来包竖琴,然后再放进琴盒里。"

"天哪,很可能就是这样的。"奥列龙说道,"那我怕是用不上它了……"

他们参观完房子又回到了客厅。

"那谁住空余的房间?"本戈小姐问道。

"我想除了流浪汉偶尔睡在地窖里,就没有其他人了。"

"呃……好吧,如果你想听实话,我就告诉你我的想法。"

"你说吧。"

"你在这儿永远不会工作的。"

"哦?"奥列龙脱口而出,"为什么不会呢?"

"你在这儿永远都写不完《罗米莉》。为什么?我也说不上来,但我知道你肯定写不完。你只有离开这里,才会继续写这本书。"

他思忖了一会儿,接着说道:"埃尔希,你是不是有点儿——偏见?"

"荒谬至极。我说的如果作为一个论点确实是站不住脚的。但是事实就是如此。"她含含糊糊地回答着,又像是嘴里含着大头帽针一样。

奥列龙从帽架取下外套和帽子,笑了起来。

"我只能希望你说的完全是错的。"他说,"要是《罗米莉》不能在今年秋天出版,那我可麻烦了。"

IV

那天晚上，奥列龙坐在炉火旁，琢磨着本戈小姐关于他写作难题的预言。他左思右想，得出的结论是，如果本戈小姐没把自己的想法告诉他，那就会好得多了。如果一个人一开始就被人打击而失去信心，那他就不会取得更好的成绩了；而且，说难在某种程度上也是在制造困难。言语本身也会变成一种遏制行为，其他的挫折也会接着出现，直到会发生不好之事的警告灵验为止。他从心底里讨厌她，而对于完成《罗米莉》这部作品的抵触之情也油然而生。

她以某种不合逻辑且武断专横的方式——这似乎是女性所固有的方式——对他的新住所带有敌意。还有什么比这更荒唐的吗？"你在这儿永远都完成不了《罗米莉》。"……为什么完不成呢？这难道就是她对奢侈享受的看法，奢侈享受会让人失去动力变得游手好闲，从而在竞争中被淘汰。但这房子还不错——可以称得上十分迷人了，但绝没有到让人不务正业的程度啊！当然不是这样，埃尔希上次就没有看清这一点……

他挪了挪椅子，环顾着整个房间，房间在火光中似乎在微笑着，乐观地微笑着。他也跟着笑了起来，仿佛是对这间遭人诟病的房间感到同情。在如此柔和的光亮中，自己原先注意到稍微缺乏鲜艳色彩的感觉也不见了。那印有花朵和格纹，还有篮子和燕麦烟斗的棉质印花窗帘静静地垂落在窗台上；旧书架上一排排装订好的书在火光下熠熠生辉，残存的蜡黄痕迹也跟着阳光一起不见了；而且，如果真要说实话的话，似乎是埃尔希她自己与这些有点儿格格不入。

回忆让奥列龙有点吃惊，不一会儿他又沉思起来。确实，那天下午这间房子对本戈小姐造成了意外的伤害。它以某种微妙而又明确无误的方式代替了她，标志着两种品质的对比。为了讨论起见，可以提出一个有点荒谬的命题，即假设奥列龙的房子偏僻荒凉、死气沉沉，而这样对本戈小姐而言就更糟糕了，她无疑是在充足和冗余这两个概念上犯了错误。如果非要在抽象的品质中选一个，奥列龙倾向于朴素风格……

是的，奥列龙在这一点上有了明显的发现，他很好奇自己从前怎么就没有发现。他又回想起那天下午本戈小姐的模样——身材高大、艳丽夺目，像一朵娇艳欲滴的粉玫瑰，仿佛从她身上能散发出玫瑰的清香与美丽。但他转念又有点厌恶她，如今他也能感觉到，当时就察觉到有什么不对劲；即使是她在场的时候，他的态度也不知不觉地带有一丝批评的意味。她的身体表现有点明显，争辩的结果让她全身湿透，她的身后仿佛隐藏着死神。在他俩密切交往的十年里，他从没梦想过向她求婚，然而，他现在却第一次为自己没有这样做过而感到万幸……

接着，他的脸突然"唰"的一下就红了，他居然会这样想自己的朋友。

天啊！埃尔希·本戈——他的知己，他与她共度了无数个美好的下午；在她的帮助之下，即使世界上所有人都辜负他，他都对她依然满怀期待——而且他深知，埃尔希只要还有一口气在，她都会忠诚于他的——一想到埃尔希这些，他就崩溃了！奥列龙觉得自己就是一个忘恩负义的卑鄙小人……

当时要是她在场的话，他一定会在她面前卑躬屈膝的。

他又坐了十几分钟，眼睛仍然盯着炉火，脸上因自己刚刚的想法而感到羞耻的红晕也慢慢消失了。房间的里里外外都很安静，除了从厨房传来悦耳的叮当声——应该是由于水龙头没有关紧，水滴到水槽里的声音。伴随着水滴落下的声音，他不由自主地敲起了自己的手指，这有规律的小动作也让他脸上羞愧的红晕散得更快了。他又恢复了冷静，当他又继续沉思的时候，他完全没有意识到自己又陷入了刚刚那个问题……

他对她所持的批评态度，不仅是对她过于高大的体型，他还意识到两人在思想层面也存在巨大的差异。在某种程度上而言，他俩的性格也曾并行不悖，对这一点他并无感激之情；但他现在满脑子都在质疑这个问题。不可否认，他们在智商上也存在差异。而且，转念一想，他怀疑是否真的有什么巧合。他以前的确是给她读过自己写的东西，她似乎理解得很透彻，经常一语中的；可是，如果一个人曾以为另一个人很懂他，但突然之间以前的假象、怀疑显现出来，那他应该怎么办呢？如今他怀疑一切……他又忽然想到一点，如果一个人对朋友的要求超过了朋友对他的要求，那么他就很有可能失去这个朋友，但是他先把这个想法放在一边。

他又停止思考，伴随着远处水龙头的滴水声再一次敲起手指来……

而现在（他慢慢又陷入沉思），如果所有关于埃尔希·本戈的这一切是真的话，那以她为原型所创作的《罗米莉》也是这样。关于埃尔希，奥列龙有很多事羞于说出口，但对于罗米莉他就不用这么拘束，这样一来，他就放飞了自己的想象。在那个似乎在微笑、点着炉火的房间里，伴随着隐隐约约的敲击声，他想象着。

毫无疑问，他讨厌自己小说里的主人公。甚至对于他所描述的她的外貌，他都忍不住嫌弃：她身材魁梧，脸色过于红润，身材也过于丰满。他一理清思路，这一切就变成了事实。格列佛是这样描述大人国里面的宫女的：无论是在智力方面还是在精神层面上，她就是个笨头笨脑、目光短浅、极其普通的人（他闭了一会儿眼睛）——十五章内容粗俗且露骨至极，主人公形象也是如此；他没有意识到这一点，所以他才写不出第十六章。他感到诧异的是，为何自己到现在才顿悟。

主人公本该是他幻想中的碧翠丝，他的梦中情人！就像埃尔希一样，碧翠丝将走进他的艺术熔炉，当她完成塑造之时，所有男人都会对她垂涎欲滴。她的思想、她的形象来自他最美丽最珍贵的梦想，她的背景描写也是专门为她量身定做的。在产生这种想法之前，他一直念念不忘；直到有一天，他能感觉碧翠丝在自己心中激荡，就像母亲能感觉到胎动一样。于是他就开始写作，所以他就写了一章又一章……

而所有这些满满的十五章全是他自己创作出来的！他又坐了下来，轻轻地移动着手指……

接着他让自己振作起来。

必须放弃罗米莉，十五章都不要了。就这样决定了。但谁来取代她呢？对于这个问题，他脑子也是一片空白。这些事情一件接着一件地慢慢解决吧，一个人如果看到正确的路却仍选择错误的路的话，责任还是在他自己。该来的总归要来的。与此同时……

他站起身来，把那十五章手稿拿了过来。在准备扔进火里之前，他把手稿读了一遍。

但他却没把它们直接扔进火里，而是让它们顺着自己的手自然而然地飘落下去。他又听到水龙头在滴水。水滴声的音域含四五个音符，音符之间充满了不规则的变化，这声音像极了扬琴，悦耳动听。奥列龙仿佛在脑海里能看见每一滴水滴汇在一起，在水龙头的边缘轻微颤动，水滴落下时发出轻轻的叮咚叮咚的声音，接着声音越来越小，直到听不见为止。在几乎听不见的时候，后面好像还跟着一句短语，散乱地重复着；奥列龙很快发现自己正在等着那句话再次出现。这真是太……

但这声音却不能使人清醒，奥列龙正对着炉火打起盹来。

他醒来的时候，炉火都快灭了，蜡烛的火苗快舔到谢菲尔德烛台边了。他慢吞吞地站起来，打了个呵欠，然后确认门窗都关好后就走进卧室。他很快便进入了梦乡。

但是第二天又发生了一件奇怪的事。像往常一样，巴雷特太太并不敲他家的门，而是敲他床挨着的那堵木墙；听到声音后，奥列龙就起床了，他穿上睡袍，开门让她进来。他没意识到那天早上他哼着小调，而巴雷特太太的手还放在门把手上，脸转向一边笑着。

"天哪！"她的假嗓子尖叫起来，"这曲子太老了，奥列龙先生！我已经有四十年没听过这首曲子了！"

"什么曲子？"奥列龙问道。

"就是您现在哼的这首啊。"

奥列龙正在拆信，听到这话，他拆信的拇指一下子停住了。

"我在哼曲子吗？……巴雷特太太，你哼给我听听。"

巴雷特太太却有些不好意思。

"奥列龙先生，我不太会唱歌。这是安·普的歌，他是我们家族的歌星；可是这曲子也太老了，名字叫作《令人神魂颠倒的美人》。"

"你哼哼看。"奥列龙说道,他的拇指还停留在信封上;而巴雷特太太扭扭捏捏地哼了起来。

"奥列龙先生,他们说这首歌是要用竖琴伴奏的,是一首很老的曲子。"她哼完说道。

"我也在哼这首曲子?"

"就是你哼的。我不可能对你撒谎的啊。"

奥列龙说了一句:"好吧,让我先吃早餐吧。"接着打开了信封,但是这件小事却让他感到更奇怪了,连他自己都不太愿意相信。他哼的那首曲子,让他想起昨天晚上水滴从水龙头滴落下来的声音。

V

更奇怪的是,一个普通水龙头滴水的声音却跟一首很老的曲子十分吻合。还有一个结果是,在奥列龙超常敏感的神经里,水滴声可能唤醒了或将要唤醒这个老屋子里的其他声音。有人说过,就像失去才知道珍惜一样,当寂静被微弱的声音打破时,人们才会意识到它的美妙之处。老实说,这栋老房子从来都没寂静过。也许是春天温和的空气吹过老房子里的木头;也许是奥列龙生的火让老房子躁动起来,当然还有藏在屋梁钻进木头里的整个昆虫世界。不管怎样,奥列龙只要静静地坐在椅子中,等上一两分钟,就能意识到听觉上的变化,他原来认为仲夏的树林是寂静无声、纹丝不动的，而突然之间发现自己的耳朵对嘈杂的昆虫世界异常敏感。

一想到人们对于有无生命之分是如此随心所欲，奥列龙就笑了。在这栋老房子里，除了可以听到老鼠四处逃窜的声音、镶板后面墙皮的掉落声、炉火照在手提包或是棺材板上迸发出的噼啪声以外，这整栋房子仿佛在跟他说话，要是他能听懂这独特的语言就好了。横梁疲倦地叹息着沉入原来的榫眼里，墙壁上残留着虫子的尸体；接缝处嘶吼着裂开了，就连木板也在抱怨。没有明显感觉到风，但窗扇却轻轻地敲打着窗框晃动着。不管这栋房子在人们常见的定义中有没有生命，它迷人的魅力是毋庸置疑的。奥列龙沉思了一小时，得出这样一个结论：正如自己的身体与灵魂和睦相处，合二为一，缺一不可；因此，通过延伸和拓展，虽然难以置信，但这所房子也跟他保持着某种关系。他甚至以一种牵强附会的幻想自娱自乐，即他生是这儿的人，死是这儿的鬼，这样一来，以后要是谁租了它，还会以为这儿闹鬼呢。这样一个人畜无害的作家，要是发现自己必须重新创作的小说是为一个未来的鬼魂奠定基础，那就太可笑了！

然而，正当他越来越依恋这栋房子时，埃尔希·本戈却对这栋房子从一开始的不在意，继而转为越来越明显的厌恶，而且她毫不犹豫地表达了自己的厌恶之情。

"这房子根本不属于现在，对你来说就更糟了。"她果断地说，"你太容易因为看不清现实而陷入冷漠的状态。你应该住在一个有水泥地板、有专门的煤气表和有电梯的地方。如果你能有一份既能跟同事们相处又能跟他们竞争的工作，那就再好不过了。现在，如果我能给你找到一份一周工作两到三天，并且你还有充裕的时间去写作的工作——你会接受吗？"

然而，本戈小姐的这段分析却引起了奥列龙的不满。他礼貌地表示感谢，却面无笑容。

"谢谢你，但是我不这么认为。毕竟每个人都有自己的生活。"他忍不住补充道。

"自己的生活？保罗，你距离上次出去有多长时间了？"

"大概两个小时。"

"我说的外出可不是指买邮票或者寄信。那距离你上次出去锻炼有多长时间了？"

"哦，可能有些时间了。我不确定。"

"从我上次来过之后吗？"

"没，我不怎么出去。"

"那自从你把自己关起来之后，《罗米莉》是不是也进展颇丰呢？"

"我想是的。我正在为它打基础。我马上就要开始写了。"

本戈小姐似乎忘记了他们上次关于第一版《罗米莉》的争吵。她皱了皱眉,侧过身去,接着很快又转过身去。

"啊!所以你脑子里还想着那个可笑的想法?"

"如果你的意思是,"奥列龙慢吞吞地说,"我放弃原来的《罗米莉》,准备再写一本新的,那你就对了。我确实仍保留着这个想法。"

他冷淡的语气使她一惊,但是她不会轻言放弃。他自己那荒谬的敏感使她更加坚定。她不耐烦地"哼"了一声。

"原来的《罗米莉》在哪儿?"她突然问道。

"问这干吗?"他反问道。

"我想看看,我想让你看看其中一部分。你要真的不是在胡思乱想的话,我想让你恢复理智。"

这次是奥列龙转过身去。当他转过身来,他此时的话语也更加温和了。

"没用的,埃尔希。我要对我做的选择负责,你也必须让我自己做选择——即使你认为我做的选择是错的。相信我,我也正在考虑……手稿?我差一点儿就烧了,但是我没有这样做。如果你非要看的话,就在那边窗台上。"

本戈小姐很快就走到窗台,打开了盒盖。突然她轻轻叫了一声,并用手背捂住了嘴。她扭过头说:"保罗,你应该把那些钉子钉好啊!"

"什么？怎么了？发生了什么事？"他大步走到她身边，问道，"我确实把它们钉好了啊，或者是我把它们都拔出来了。"

"这一拔出来就刮伤了我。"她伸出手回答道，从手腕上端到小指的手关节，有一道红肿的伤痕。

"我的——天啊！"奥列龙脱口而出，"快，快到浴室来，清洗一下伤口——"

他急忙扶着她去浴室，打开热水，清洗了一下比较严重的伤口。接着，他仍握着她的手，又去冷水冲洗了一遍，断断续续说了几句表示惊讶与关心的话。

"天哪，怎么会这样！据我所知，我应该……这水太冷了吗？这样疼吗？我想不出那儿到底……这样会好些……"

"不，我一刻都受不了了。"她喃喃着，闭上了眼睛。

不一会儿，他把她带到客厅，用手帕把受伤的那只手包起来，但他一直想不通。他花了半天时间才把那三个窗盒打开并修好，他怎么也想不明白木头里怎么还有半寸生锈的钉子。他自己打开那几个盒盖十几次了，从来没有注意到里面有钉子；但这次确实有钉子。

"无论如何，这次得把它拔出来。"他一边去拿钳子，一边嘟囔着。这回他确定把钉子拔出来了。

埃尔希·本戈瘫坐在椅子上，脸色有些苍白；但她的手里仍攥着《罗米莉》的手稿，因为她还没有看完。不一会儿，她又重新回到那个话题。

"哦，保罗，如果不出版《罗米莉》的话，那将是你犯的最大的错误！"她说道。

他极其苦恼地垂下头。此时他脑海里全是那钉子的事，一时顾不上《罗米莉》，它只能屈居第二位了。但是本戈小姐仍然很坚持，不一会儿，他好像开口了，好像为了某件事在请求她的原谅似的。

"埃尔希，我还能说什么呢？我只能希望你看到新的版本时，你就会知道我这样做是对的。如果无论如何你都不喜欢它的话，也只能……"他无可奈何地摊了摊手，"难道你还不明白我必须走自己内心选择的路吗？"

她沉默不语。

"拜托了，埃尔希。"他温柔地说着，"到目前为止我们相处得很好，不要为了这件事闹得分手。"

最后那句话刚一说出口，他就后悔了。她一直在留意着自己受伤的手，她再一次闭上了眼睛；但是她的嘴唇和眼睑同时都在颤动着，说话时声音也在颤抖。

"我不得不这样说，保罗，但是你真的变了。"

"不要再说了，埃尔希。"他低声地安慰道，"你受了惊吓，好好休息一下。我怎么能变呢？"

"我不知道,但你就是变了。自从你搬到这儿来,就像变了个人一样。我真希望你从来没碰见过这地方。搬到这儿后,你就没有工作过,变得我几乎都不认识了,而且我非常担心你……啊,我的手开始抽痛了!"

"可怜的人儿!"他喃喃着,"让我带你去看医生,让他把伤口好好包扎一下行吗?"

"不用——过一会儿我就会好的——我会一直抬着这只手。"

她把胳膊肘放在椅背上,又把那只缠着绷带的手轻轻地放在他的肩上。

这样的碰触一下子激起了他内心一种全新的焦虑。以前两人一起时,她曾无数次搂着他的胳膊,就像搂着她自己哥哥一样;而他也像哥哥一样很自然地接受了这个带着些许深情的动作。但是如今,他的脑海里第一次出现了一百个惊人的问题。她仍闭着眼睛,可怜兮兮地往后仰着头,微张的嘴唇上露出一抹难以言喻的微笑。他突然明白了真相。天哪……他从来没想到过会这样!

更奇怪的是,现在他知道了她深深地爱上了他,但是他却毫无悲伤、谦卑和自卑之感,而是另一种他与之抗争却徒劳无功的情感——一种完全陌生且新奇的感觉,如果分析一下,那就是一种暴躁、恼怒、怨恨和蛮横。在意识到这一点之前,他就突然被自私的冲动冲昏了头脑。他几乎要把这些话说出来了。她到底在那干什么?她为什么不继续自己的工作呢？她为什么要来这儿干涉他的工作？她最近断然提出的监护权到底是谁给她的？——"变了？"——变的人是她，而不是自己……

但当她重新睁开眼睛的时候，他抛开怨恨之情，又变得温柔起来，尽管还有些保留。

"我还是希望你能让我带你去看医生。"

她站起身来。

"不用了，谢谢你，保罗。"她说，"我要走了。如果需要绷带，我会去买的；请握住另一只手。再见——"

他并没想挽留她。他陪她走下楼梯。走到窄巷的一半时，她转过身来。

"如果碰巧你没有搬到这儿的话，我们之间还有很长的路要走。"她说，"下次我会给你寄明信片的。"

到了门口，她又转过身来。

"就送到这儿吧，保罗。"她悲伤地说着，"这房子哪都不对劲。"说完这句她就走了。

奥列龙回到自己的房间。他径直走到窗台。他打开盖子，站在那儿看了好久。关上盖子后又转过身去。

"这太吓人了。"他喃喃着，"我明明把钉子拔掉了啊，这不可能啊……"

VI

埃尔希说她下次拜访前要先寄一张明信片，奥列龙很清楚她的意思。埃尔希她自己也知道。最后她终于意识到，最后他也知道——知道自己不想跟她在一起了。因此，当埃尔希不到一个星期突然又来敲他的门时，他感到非常非常痛苦。她站在楼梯平台说自己不打算长待，但在她进来之前他要问问她到底来干什么。

她说来拜访的理由是，听说有人在询问短篇小说的事，他不妨去跟进一下。他对她表示了谢意。接着，她要办的事办完了，她似乎又要急着走了。奥列龙这一次也没有试图挽留她；就连他都看穿了短篇小说只是个幌子，他陪她走下楼去。

但是埃尔希·本戈在那栋房子里从来都遇不到什么好事。第二次意外又发生在她身上。当下楼梯下到一半的时候，传来了木头裂开的刺耳声，她失声地大叫起来。奥列龙知道这些木制品很老旧了，但他自己经常上上下下也没出什么意外……

埃尔希的一只脚踩坏了其中的一级楼梯台阶。

他慌慌张张地跑到她身边。

"天哪！可怜的人儿啊！"

她歇斯底里地笑了起来。

"是我太重了——我知道我变胖了——"

"待在那儿不要动——让我来清理这些碎屑。"他咬着牙喃喃着。

她哭笑不得,因为她太重了——她变胖了——

他用力往下推那裂开的木板。但是把埃尔希救出来可不是件容易的事,从她那只被撕开的靴子可以看出来,靴子里面的脚和脚踝擦伤有多严重。

"天哪——天哪!"他一遍又一遍地嘟囔着。

"过不了多久,我就会胖得什么都干不了。"她哭笑不得地说。

但是她却拒绝再上楼让奥列龙检查她的伤势。

"不,让我快点走——让我快点走。"她重复着。

"可你的伤口很严重!"

"不——没那么严重——让我快点走吧——我——我不受欢迎。"

听到她的话,她说她不受欢迎,他垂下了头,仿佛埃尔希给了他当头一棒。

"埃尔希!"他哽咽着,伤心而又震惊。

但是她迅速地做了个动作,像是拼命把什么撇开一样。

"天哪,保罗,我不是那个意思——不是针对你,当然从某种意义上,我确实是那个意思——哦,你知道我的意思!但如果那也不行的话,现在就放我走吧!我——我本来也不会来的,但——但是——哦,我本来是想,我本来是想离你远远的!"

这一切是如此的令人无法忍受,令人心碎;但是他又能怎么办呢?他能说什么呢? 他不爱她了……

"让我走吧——我已经不受欢迎了——让我把仅存的东西一起带走吧——"

"亲爱的埃尔希——你对我来说很重要——"

但是她又迅速地做了那个动作,像是拼命地把什么推到一边。

"不,不要那样——不能再少了——不要再拿走更多的东西了——至少给我留点自尊——"

"我去拿我的帽子和外套——我带你去看医生。"他喃喃着。

但是她拒绝了。她甚至都不让他扶了。她又断断续续笑了一声。

"真对不起弄坏了你的楼梯,保罗……你会去看看那短篇小说的,对吗?"

他叹息了一声。

"那么,如果你不去看医生的话,你愿意穿过广场让巴雷特太太看看你的情况吗? 看,巴雷特正经过这儿呢——"

长鼻子的巴雷特好奇地顺着小巷往下看,但是奥列龙正要叫他的时候,他却一句话没说就溜走了。埃尔希似乎一心只想急着离开这儿,最后只好答应直接去看医生,但坚持她自己一个人去。

"再见。"她说。

奥列龙一直目送着她,直到她走过了像斧头一样的"出租"木广告牌,仿佛他担心这些木板会倒下来砸伤她似的。

那天晚上奥列龙没有吃晚饭。因为他的脑子里要想的事太多了,太乱了。他从一个房间走到另一个房间,仿佛这样就能摆脱埃尔希·本戈的、一直在他耳边回响又在心头萦绕的哭声。"我不再受欢迎了——不要再拿走更多的东西了——让我把仅存的东西一起带走吧——"

唉,要是他能说服自己还爱着她就好了!

他一直走来走去,直到暮色降临,他并没有点燃蜡烛,而是搅了搅炉火,就一屁股坐在椅子上。

可怜的,可怜的埃尔希!……

但即使在他为她心痛的时候,他也知道他不可能再爱她了。他要是早知道就好了!要是他以前能稍微用点心观察就好了!但是那一起走过的路,像妹妹一样挽着胳膊——他真是个大傻瓜!唉,现在才想清楚也为时已晚了。现在必须采取行动的是她,而不是他自己躲开。

他会尽自己所能去帮助她。但他自己却不愿再坐到她面前。如果她来了,他会尽快把她赶出去……可怜的,可怜的埃尔希!

火渐渐熄灭了,他的房间也变暗了;但他继续坐在那儿,时不时地皱起眉头,耳边又清楚地回荡着那句让他备受折磨的话。

紧接着,也不知为什么,他又为她担心起来,这是以前从没有过的感觉——担心她的人身安全。一种可怕的幻想出现在他的脑海中：她可能站在堤岸上，俯瞰一片漆黑的水面；甚至她此时正抬头看着门上的挂钩。人们都知道女人是会做这种事的……接着就会开始调查，他也会被传唤去认尸，而且还会被问到她手上那处尚未愈合的伤口，以及脚踝上严重的擦伤是怎么来的。而巴雷特也会说看见埃尔希从奥列龙的房子离开……

然后他意识到自己的想法有些病态。他努力不去想它，他在那儿坐了好一会儿，听着镶板里传来的微弱的嘎吱声、滴答声和敲击声……要是他能娶了她就好了！但是他做不到。正如那天在楼梯上看见的一样，她的脸又浮现在他眼前，那张脸因疼痛而变得丑陋、憔悴，也因为流泪而肿起来。她是丑陋的——是的，她那时确实又哭又闹的；如果说眼泪是女人的武器，那她那天流的眼泪就是对付自己的武器……再自杀……

接着他忽然发现自己在认真地琢磨着发生在埃尔希身上的两次意外事件。

这两次意外事件都太离奇了。他不可能没有把那根旧钉子拔出来，为什么会这样？他明明从厨房拿了工具啊；而且他坚信，被埃尔希踩坏的那级楼梯台阶跟其余台阶一样结实。这一切都太令人费解了。如果这些事情都可以发生，那还有什么不能发生呢？这栋房子里会有一根横梁或侧柱会毫无预兆地倒塌,也会有一块木板会"哗"的一声掉落,更会有一根钉子会变成匕首一样划伤人。即使是在此时,这栋房子充满了生机,当他坐在黑暗里时,都听到了房子里喧闹的噪声,就好像整栋房子本身就是一个巨大的麦克风一样……

他在想这些的时候,已经是迷迷糊糊的了,他坐了好一会儿,试图分辨出那些声音,想知道每一声噼啪、嘎吱或敲击声是从哪儿来的;但有一种声音,奥列龙没有意识到自己遗漏了它,他也不去想它是从何而来的。几分钟之前有这种声音,现在这种声音又传来了——是一种轻柔的连绵不绝的沙沙声,似乎里面还夹杂着微乎其微的噼啪声。声音一直持续了半分钟左右,这引起了奥列龙的注意,然后他沉重的思绪又重新回到埃尔希·本戈身上。

在那一刻,他好像比以往任何时刻都要爱她。他想,对于一些人来说,他们所爱之人是何其珍贵,因为从那些可怜的平凡人身上的瑕疵可以看出来,我们只不过是漫长人生路上的过客,而人都一样不久将难免相同的命运,因此在仅存的时间里,没有什么是比爱更值得去做的事了。啜泣不止,泪眼蒙眬;被病魔所缠的肉体,因为在现实生活中碰壁而麻木不仁的心志——如果这些都是爱的阻碍,那人世间还会有爱存在吗?从这个意义上来看,他的确爱过埃尔希·本戈。她的快乐从来没有让他也快乐,但她的悲伤几乎唤醒了……

他突然停止了思考。他再一次听到了那轻柔又重复的声音——悠长且绵延不绝的沙沙声，里面还夹杂着微乎其微的噼啪声。一遍又一遍响起，带着一种奇怪的急迫和紧迫感。他越专注，声音仿佛就会越快……奥列龙感觉声音越来越大了……

突然，他一下子从椅子里坐直了，绷紧着身体听那声音。

那丝滑的沙沙声又响起来了，他想知道到底是什么发出这样的声音……

下一刻，他吓得跳了起来，整个人心慌意乱且惊恐万分。他的椅子悬空了一会儿，接着便倒了，倒下时把火炉钳子弄掉了，发出哗啦啦的声音。世界上只有一种声音才会吓得他这样跳起来……

那声音再次传来的时候，奥列龙把手放在身后，慢慢地往后退，直到发现自己已经靠到墙上了。

"上帝啊！"奥列龙脱口而出。那声音也停止了。

紧接着他就大声喊道："什么声音？有什么东西？谁在那儿？"

一阵碎步快跑的声音吓得他蹲下身来；但他知道那是一只老鼠。这不是刚刚让他恶心反胃头晕目眩的声音。那个世上绝无仅有的声音，此刻也完全消失了；他又大叫起来……

他叫着，不停地叫喊着，接着又一种恐惧，对自己声音的恐惧，笼罩着他。他不敢再大叫了。他颤抖着的手想要去摸口袋里的火柴，但却发现里面什么都没有。他想壁炉上可能会有一些火柴——

他的手一直扶着墙,绕过一个小壁龛向壁炉旁走去。接着他的手摸到了壁炉,沿着壁炉一顿摸索。一盒火柴掉到了炉边。在微弱的炉火下才能看清散落的火柴,直到用脚把它们扫到壁炉栅栏的角落里,他才能弯腰用手把它们捡起来。

接着他站起身,划了一根火柴。

房间像往常一样。他又划了一根火柴,用它点燃了放在桌上的蜡烛,火焰先暗了一会儿,然后便明亮地燃烧起来。他再次环顾着四周。

房间里什么也没有。

房间里什么也没有,但肯定有过什么东西,或许它还在这个屋里。奥列龙先前还为那个奇妙的想法而好笑:他与这间美妙的房间合二为一而且身份互换,他没准正在为将来创造出一个幽灵。然而他并没有想到过,类似的合二为一过去可能已经出现过。而此时他正面临着这令人难以置信的不可能性。这房子里确实有什么,除了他自己以外还有一个房客,而那个房客,不知是谁也不知是什么,发出了像一个女人在梳头的声音,吓得奥列龙胆战心惊。

VII

奥列龙自己也不知道自己怎么走到这儿的,他正跨过那块松动的木板，那是他暂时用来垫在本戈小姐踩断的那层台阶上的。他也没有戴帽子，正在下楼梯。他后来才模糊地想起来，他把还在燃着的蜡烛放在桌上。门开得不大，只能让他偷偷地侧身溜出去，他走的时候还轻轻地关上身后的门。在楼梯脚，另一个让他震惊的事物正在等着他。有什么东西猛地从废弃的地窖里冲了出来，接着消失在门外。那只是一只猫而已，但还是把奥列龙吓哭了。

他走出大门，在"出租"木广告牌底下站了一会儿，傻傻地抿着嘴唇，抬头望着他房子里其中一个红色百叶窗透出的微光。接着，他一边回头张望着，一边跌跌撞撞地走进广场。拐角处有一家小酒吧，奥列龙以前从来没有进去过，但现在他进去了，他准备了一个先令放在柜台上，但没有放准，离柜台还差几英寸，钱掉在地上。

"白——白——白兰——白兰地。"他说着，弯下腰去找那个一先令。

他一头泡进这家地上铺着锯屑的小酒吧里，来这里喝酒的人们——赶车的、干活的和附近做生意的——都挤在更远一点的包厢里。在另一边，白发苍苍的女店主不断地在酒龙头和酒瓶之间穿梭着。奥列龙坐在一张带穿孔的硬木椅上，一口喝掉半杯白兰地，接着他想，与其让酒洒出来，还不如一口气喝完。

接着，他又开始琢磨，他听到很多人在这个小酒吧里说话，那么明天谁会来负责消除他今天受到的影响呢？

同时，他又要了些白兰地。

因为他不打算回到那个还燃着蜡烛的房间去。哦，不！他甚至都无法面对房子的入口处，还有那断了一层台阶的楼梯——更不必提那间迷人的髓白色房间了。眼下他只能回到原来的地方，那里有工作室和单独的卧室。喝完这杯白兰地，他就立马去找以前的房东太太，看她今晚能否收留他过夜。此时他的杯子已经空了……

他站起身来，又续了一杯，继续坐了下来。

如果有人问他为什么又要搬走呢，哦，那他有着充分的理由呢！钉子还会自己重新嵌入木头里然后划伤人的手，还有脚一踩在上面就会断的楼梯台阶，还有陌生的女人来到男人的家里，在一片漆黑中梳头，这些理由早就足够了！对于这一切，他不胜其烦且深受其害。这栋房子是属于他的，而不是让那些看不见的女人们来梳头的；早在几个小时之前，就应该把这些都告诉林肯律师学院的那位律师，那样让人家签了协议就搬进来，真是太过分了！

一块雕花玻璃隔板将奥列龙坐的地方和那个白发苍苍的女店主不停走动的地方隔开了；但隔板也只比柜台高个七到八英寸。而且在这个酒吧里其他更远的地方也没有隔板了。不一会儿，奥列龙抬起眼睛，看见一张张面孔正透过隔板的缝隙看着他。但当他看着这些面孔的时候，那些面孔却消失不见了。

他换到酒吧的一个角落里坐下来，其余人就看不见他在这里了；但这样一来，他就跟那白发苍苍的女店主在一排了。

她一眼就认出来他——因为她毫无疑问地看见他走过来又走过去；不一会儿，她就谈到了天气。奥列龙不知道自己回答了一些什么，但足够他们继续进一步交谈。他说到冬天因为流感所以很烦人，但是春天似乎终于要来了……即使是再普通不过的简单接触也让奥列龙稍微镇定了一些；他的心头突然涌上一种无聊的幼稚和好奇：女店主是否每天晚上都梳她的头发，如果是这样的话，梳着梳着会不会发出类似放电的噼啪声，最后"啪"的一声消失了。

奥列龙准备再喝一杯白兰地就回那栋房子。不回去了吗？他一定要回去！他们很快就会知道，他会不会就这样被赶出那栋房子！他开始纳闷为什么自己正在做一些反常的事情，对他来说很反常——比如说不戴帽子还坐在酒吧里喝着白兰地。假设他把房子里发生的一切都告诉这位白发苍苍的女店主——告诉她一位访客被钉子刮伤了手，后来又倒霉地用脚踩断了一级腐烂的楼梯台阶之后陷了进去；而他自己，在这栋充满了嘎吱声、噼啪声和沙沙声的老房子里，听到某种细微的声音就吓得拔腿就跑——女店主听到这些后又会怎么想他呢？肯定会觉得他疯了，一定会这样觉得……哼！事情的真相其实是他并没有花足够的时间在工作上，他太闲了！他整天都在做梦，脑袋里全是关于新版本的《罗米莉》的胡思乱想（好像旧版本不够好一样），而现在他感到惊讶的是，魔鬼居然钻进了一个空空的脑袋里。

是的，他当然会回去。但首先他要去外面散散步——他最近都没怎么散步——然后他要好好控制住自己，继续创作《罗米莉》的第十六章（想象一下，他实在是太蠢了，居然想毁掉已完成的十五章）！从此之后，他就会记住，在这个世界上自己对其他同胞们还有着应尽的义务，简而言之，就是这么一回事。

他喝完最后一杯白兰地，走出去了。

他走了好一段时间才想到这件事情与自己有关。一开始，新鲜的空气加重了喝下去的白兰地的酒精作用，他整个人更加头昏脑涨，可紧接着他的脑子比今天早上的任何时候都要清醒。意识越清醒，他的自信和自负变得越来越少，他的信念就越坚定：尽管一切都解释清楚了，但仍有一些事情是无法解释的。他一个小时之前的歇斯底里也已平息了，他渐渐平静下来；但那令人不安的信念仍存在他的脑海里。他被一种深深的恐惧所笼罩着。这种恐惧是针对埃尔希的。

因为他房子里有什么东西危及她的安全。就他们俩本身而言，发生在她身上的两次意外还不足以让他相信这一点；但是埃尔希她自己也曾说过这样一句话——"我在这儿不受欢迎……"而且她也说过这栋房子不太对劲。她可能比他先看到了些什么。这样也好。有一件事已经很明显了：那就是说，如果真是这样的话，除了那些让奥列龙狼狈且丢脸的原因之外，出于其他的原因，她也必须远离这栋房子。幸运的是，她也表示过不会再来了，她必须说到做到。他要确定这一点。

他也必须更加确定，他决定再也不会踏入那栋房子一步的冲动是荒谬的。没有人会做这种事。只要埃尔希是安全的，他就不能容忍自己因为一个影子而搬走，甚至不能因为即使明明知道有危险而搬走。他得有个地方住，他还要住在那儿。他必须回去。

他压制住这一决定所产生的恐惧和丝丝寒意，突然调转身来。如果再次感到恐惧的话，他可能会再喝一杯白兰地……

但当他走到通往广场的那条短街时，已经来不及喝更多的白兰地了，因为小酒吧虽然还亮着灯但已经关门了。还有一两个人站在路边聊天。奥列龙注意到，当他经过他们身边时，他们忽然都沉默了；当他路过时，他还注意到长鼻子的巴雷特并没有跟他互道晚安。他拐进大门，在小巷里犹豫了片刻，接着便走上楼去。

那座谢菲尔德烛台里的蜡烛只剩下一英寸长了，奥列龙也没有再点一支。他是故意的，强迫自己拿着那快燃尽的蜡烛，在自己睡觉之前把五个房间都转一遍。当他穿过小厅从厨房回来的时候，他看到地板上有一封信。他捡起信，然后拿到了客厅。在拆开之前，他先看了一眼信封。

这封信没有盖戳，是有人用手直接从门口放进来的。信上的笔迹很笨拙，而且从头到尾都没有句号，就连逗号都没有。奥列龙读了第一行，然后翻到最后的签名，接着读完了信。

信是巴雷特写的，在信上他告诉奥列龙，如果奥列龙换个人来为他准备早餐、打扫卫生，巴雷特将不胜感激。可刺长在尾巴上，也就是说在信的附言里包括了《圣经》里的一句话。这句话里所影射的只能是埃尔希·本戈了……

奥列龙罕见地皱起眉关。原来如此！就是这样！很好！他们明天就会看到……对其他人来说，这似乎就是埃尔希应该远离这栋房子的另外一个原因。

接着他一直压抑着的怒火终于爆发了。

这个卑鄙小人！保罗·奥列龙和埃尔希·本戈之间发生的任何事情就连魔鬼自己都不会拿正眼瞧一眼，然而这个长鼻子的流氓肯定是在窥探，还到处嚼舌根！

奥列龙气急败坏地把信纸揉成一团，伸进蜡烛的火苗中，接着用脚后跟碾碎那灰烬。

然而意想不到的是，这封信还真起了作用，它在奥列龙内心燃起的熊熊怒火驱散了那苍白的阴影。可是，另一件让人困惑的事情发生了。他脱衣服时，碰巧瞥了一眼自己的床，被单上好像有人躺过的痕迹。奥列龙一下子又想不起自己白天是否在床上躺过——他本来想说当然没躺过，但毕竟他也不是很确定。可能是由于他身体里还残留着的白兰地，酒精在作怪，他的脑海里除了对埃尔希的愤怒外什么都没有。接着他吹灭了蜡烛，躺在床上，立马进入了梦乡，睡得很沉，一夜无梦。早上没有了巴雷特太太的敲门声，奥列龙睡了几乎一天一夜。

VIII

对于一个注意内心声音的人来说，那声音警告他黄昏和危险正笼罩着他的灵魂，恐惧往往是一种绝对的事情；为了摆脱这种恐惧，除非他的本性被彻底改变，否则他的心必须在瞬息之间得到保护。万幸的是，他从未寻找过任何的保护措施。在生活中那些转瞬即逝、微不足道的事情中，在那些常规惯例、风俗习惯中，他可以汲取力量抵御黑暗。出于工作的目的，他甚至很满足这样一种观点：不仅仅是恐惧，就连快乐也应该纳入绝对真理的范畴。他最后的叛逆将打破一切束缚和限制，这不仅仅是为了他个人，而是为了解放芸芸众生的灵魂。

奥列龙开始了他自己的叛逆。他不得不承认，自己对于那些费解且可怕的事情已经越来越感到习以为常了。他不知不觉、毫无意识地产生了这样的感觉，他忽视了那些埃尔希·本戈曾经无礼指出的事情。两个月之前，如果用"闹鬼的房子"来形容他那栋可爱至极的房子的话，他准会觉得毛骨悚然；但现在，他只是感到有些沮丧，他可能会问"究竟是什么在闹鬼？"他下意识认为，当恐怖可以被证明是相对的而并非绝对的，那恐惧本身就会失去其应有的性质，人们就会对恐惧感到木然。他努力不去想那件事。迷雾似的混乱和困惑开始笼罩着他。

他意识到心中衍生出一种贪婪的好奇。他想知道那是什么，他下决心要弄清楚。只有真相才能让他心满意足，所以他绞尽脑汁、想方设法地寻找获取真相的方法。

最容易想到的一点是，他本来可以不耽误自己的写作。正如过去一样，从他的作品中可以看出来，他的思想升华然后转变成文字，而且之后还无须更改。所以他此时提出的问题，似乎在问的时候就已经有了答案。在那迅速而又轻松的过程中，他感到不亦乐乎。他深知，写作使他每天都感到新鲜和快乐，此前的日子他从未在自己身上获得过这样的快乐。这一切就好像他自己选择的那条路是听人摆布的。

当然，他首先要做的是定义这个问题。他从数学的角度去定义。假设他没有搬到这个地方，假设这栋老房子以一种难以言表的方式抓住他的心；再假设，把这栋房子当作公分母，那个未知的房客跟奥列龙自己有某种关系：那么接下来该怎么办呢？显然，是要确定分子的性质。

那又该如何确定呢？通常情况下，这似乎并不简单。但目前对奥列龙来说,这一点已经十分清楚了。当然,关键就在于他写了一半的小说——或者更确切地说,两个版本的《罗米莉》,旧版和计划要写的新版。

奥列龙要是不久以前就已经接受了这样的观点,他准会以为自己疯了,但现在他却坦然地接受了这个令人眩晕的假设。

他开始比较起新旧两个版本的《罗米莉》。

从他这样做的那一刻起,事情就突飞猛进。他迅速回顾了旧版《罗米莉》的十五章内容。现在他很清楚地记得,从准备在这儿继续工作的第一个早上,他就发现这部作品还是有所欠缺。其他几件令他反感的事情进一步证实了他那说不清又道不明的调查。有一天晚上,他差点没忍住就把那十五章手稿扔进火里了;第二天早上他就开始计划新版本的《罗米莉》。也就是在那个早上,巴雷特太太无意间听到了他哼的那首曲子,就是前一天晚上听到水滴从水龙头滴落的声音,巴雷特太太告诉他,这首曲子叫作《令人神魂颠倒的美人》,而奥列龙生平从来都没有听过这首曲子……

《令人神魂颠倒的美人》!

他几乎毫无停顿地继续想着:原先那个版本的《罗米莉》一定是要抛弃的,新版立刻就缠上了他,在他的脑海里呼喊着放她出来。即使到了现在他还在想,在这个替换的过程中,夹杂着某种类似激情和仇恨的情感。一种杂念不止一次地总是出现在他的脑海：被他抛弃的罗米莉冒犯了新的替代者。（更令人吃惊的是，奥列龙对这个不可思议的想法确信无疑。）

然而，一种近乎灭口的恶意竟然延伸到了他那本小说可怜的现实里的原型身上……

奥列龙尽管已经习惯了这种恐惧，但一想到这恐惧现在可以翻手为云覆手为雨，他还是忍不住发出一声："天哪！"

旧版《罗米莉》的原型再一次闯进他的脑海，这也是一个原因，让他暂时停止对问题本质的探究。只要一想到埃尔希仿佛比任何抽象的东西都致命。还有一件事，就是一想到巴雷特的那封信，以及随后发生的一次小争吵，他都不禁会脸红脖子粗地皱起眉头。因为，无论明智与否，他立刻就要把想说的说出来。第二天早上，在他大步穿过广场的时候，巴雷特却来到门口等着他。几分钟之后，他就回来了，他强烈地预感到自己只会把事情弄得更糟糕。巴雷特本身说话就含糊不清，他既没有被挑衅也没有受到任何恫吓，但一直含糊不清地低声嘀咕，重复着这几句话："某些事情……巴雷特太太……体面的房子……如果帽子合适的话……匿名的诉讼。"

"不是我要收费——"他说道。

"收费！"奥列龙大声喊道。

"我有我的想法，你肯定也有你自己的想法——"

"我的——想法！"奥列龙愤怒地大声喊道，但当他看见广场四周的窗户上露出许多人头时，立刻压低了声音，"听着，伙计，你可能控制不住你那猥琐的脑子，但你能管住你的嘴，你就应该闭上你的嘴！如果我再听到类似的话……"

"没有人敢在我的地盘上这样跟我说话……"巴雷特怒冲冲地吼道。

"我现在就这样跟你说话，怎么着……"

"你可别忘了，上帝可一直都在看着呢，要想人不知除非……"

"你这个卑鄙无耻到处造谣的小人！"

就像这样，本就糟糕的争吵越来越糟糕。奥列龙怒气冲冲地回到家里。从此以后，奥列龙每次只要一从窗户望见巴雷特，就拉下百叶窗或躲在窗帘旁边窥视着他。他似乎想要把只有上天知道的证据据为己有，以备不时之需。

这闹得不愉快的小插曲让奥列龙不得不稍微调整一下在居家生活上的安排。他断定，巴雷特那大嘴巴肯定闲不下来；因为广场上的居民们已经斜着眼盯着他看。他想，等到有其他人愿意帮忙之前，他最好还是不要去附近的小店，还是去离这儿远点的地方买东西比较好。至于其他的事情，家务活对他来说早就不是什么新鲜事了，他也将恢复单身汉的老习惯。

此外，他正着手一些相当深奥的研究，此时最好不要被打扰。

一天中午，他站在窗边望着窗外，因为身体不太舒服而感到很疲惫，但一想到不用出门就好多了。此时，他看见埃尔希·本戈正穿过广场朝他家走来。那天天气很不好，是个刮着大风的阴冷天，她不得不顶着风往前走，风把她宽大的裙子吹得鼓鼓的，严严实实地裹住了她那丰满的身躯，面纱也随风在身后飘舞。

奥列龙本能地迅速地行动起来。他抓起帽子，奔到门口，冲下楼梯。一阵恐慌攫住了他。不能让她踏进这儿半步。当他沿着小巷跑去时，他的眼睛下意识地望向屋檐，好像那儿有什么东西一样。他不知道会不会有一块瓦不小心掉下来……

他在院子门口遇见了她，说了些莫名其妙的话。

"埃尔希，这真是太不凑巧了！刚好有人找我，我要出去！恐怕这也没有办法，你肯定会觉得我是个不好客的无礼之人。"他想到什么就说什么。

埃尔希问他是不是要进城。

"对，是的——是要进城。"他回答，"我要去拜访——呃，拜访钱伯斯。你认识钱伯斯，对吧？不，我记得你好像不认识他；你以前见过的，跟我在一起的那个大高个……我本来昨天就应该去的，而且——"他感觉自己编得还挺不错——"他今天下午就要出城了，去布莱顿。我今早收到他的来信。"

他挽着她的胳膊，领着她走上广场。她不得不提醒他，进城的路是在另一个方向。

"当然了——我太蠢了！"他大笑着说道，"当然了，我已经习惯了跟你走刚才那条路——坐公交得走另外一条路。你愿意跟我一起去吗？发生这样的事情，我感到十分抱歉……"

他们沿着这条路走到了公共汽车终点站。

这一次，埃尔希没有表现出任何内心挣扎的迹象。即使是发现了他反常的举止，她也不加评论。奥列龙见她心平气和，也不作声了，不再说些鲁莽的话了。当他们走到终点站的时候，看到这样一个没有穿外套、脸色苍白的男人，旁边站着一个穿着宽松长裙的女人，没有人会想到那个男人准备跪下感谢上帝，因为他认为自己将这个女人从不可想象的危险中解救出来了。

他们上了车，奥列龙抱怨自己忘了穿外套，而这鬼天，怎么说呢，还是闷得慌。他们在前排坐了下来。

由于这次会面是迫不得已的，他必须说点别的什么，这样才能显得他能机灵点。有件事停留在他的脑海里也有段时间了，但确实很难开口。他考虑了几分钟，想起了他编造的临时要进城的故事好像成功地骗了她，他接着又撒了一个谎来解燃眉之急。

"埃尔希,我在想我可能会离开一阵子。"他说。

"哦?"她轻描淡写地说道。

"找个地方换换环境。我也需要换换环境。我想可能明天就走,或者后天。对,还是明天吧,我想。"

"好的。"她回答。

"我也不知道我要走多久。"他继续说道,"回来的时候我会告诉你的。"

"行,告诉我一声。"她异常平静地回答。

对她来说,这语气平静得让人有些怀疑。他有点不安。

"你难道不问问我准备去哪吗?"他说,尽量努力地想要让她振作一点。

她直视着正前方,眼神穿过公交汽车司机。

"我知道。"她说。

他吓了一大跳:"你怎么知道的?你真的知道吗?"

"你哪儿都不会去。"她回答。

他无言以对。过了一分钟左右,她才继续说下去,就像一开始一样,她还是压制着自己的嗓音。

"你哪儿都不会去。你今天早上也没打算出门。因为你看见我来了才出门的。不要弄得咱俩就像陌生人一样,保罗。"

他的脸上泛起了红晕。他注意到风把她的脸吹得粉红。他还是无话可说。

"当然,你是应该搬走。"她继续说,"我不知道你是否经常照镜子,可是你现在十分引人注目。今天早上就有好多人转过头来看你。所以,你应该搬走。但是你不会这样做的,而且我也知道原因。"

他颤抖着,咳嗽了几声,然后终于打破了沉默。

"既然你都知道了,那就没有必要再继续说下去了。"他敷衍地说道。

"可能对我而言是没有必要,但是对你有必要。"她回答,"要我把我知道的都告诉你吗?"

"不需要。"他声调稍微高了一些。

"不需要?"她问道,瞪着圆圆的大眼睛认真地望着他。

"不必了。"他再次对她失去了耐心,又再次感到紧张起来。她的专一、忠诚还有爱意折磨着他,她这样只是在羞辱他,同时也在羞辱她自己。如果他曾经的言行让她觉得自己可以依靠他,那就太糟糕了……但如今,对于一个女人来说,这种生活是最糟糕的。像她这样的商界女士,经常出入办公室,无论她们自己是否意识到,她们都用友谊来掩盖别的事。她们享受着非传统的地位,像男人一样来去自如,但当她们坠入爱河时——结局又是另外一种情形了。难怪在商店里、广场上和酒吧里到处都有流言蜚语!从某种意义上来说,说闲话的人也没错。独立但又没有效率，少了一些女性的妩媚，但却仍保留着女性的欲望和需求；有几分世故但却没有智慧；奥列龙厌倦了这一切……

是时候应该告诉她了。

"我想，"他颤抖地说道，低头看着地，"我想真正的问题在于，在现实生活中，自食其力的女人迫于独当一面。"

他不知道她会怎么看他这句完全没有说服力的废话；她只是轻描淡写地回了一句："我想也是。"

"这也没办法，"他继续说道，"但是你确实牺牲了很多。"

她同意，她是牺牲了很多。她接着又补充道："比方说，我牺牲了什么？"

"你可能会慢慢地获得一种新的处境，也有可能不会；但是今天你让自己位于一个尴尬的处境。"

"很可能就是这样。"她说道，她之前从来没有考虑到这一点——

"而且，"他绝望地继续说道，"你肯定会受苦的。你最无辜的行为也会被误解，你做梦都想不到的事情，别人也会以为是你干的；到最后——"他犹豫了一会儿，接着还是决定冒险一试，"到最后还得忍受别人的斜视和冷眼。"

她十分平静地接受他说的话。她在说出那个名字时只是微微颤抖了一下。

"你说的是巴雷特?"

他的沉默说明了一切。

剩下的话都是埃尔希说的。她说话的时候,公交车在一个站点停了下来,新的乘客们上了车。

"保罗,你最好就在这一站下车回去吧。"她说,"我完全明白你的意思——完全明白。我说的不是巴雷特。巴雷特你还是可以应付得过来的。你说是巴雷特只是为了图个方便的借口。我知道是什么……但是你说过不需要我来告诉你。很好,但是在你走之前,我要告诉你我今天早上为什么会来。"

他含糊地问她为什么。她再次目不斜视地盯着正前方回答道:"我是来逼你的。你也知道,事情不能像现在这样再继续下去了,但现在一切都结束了。"

"结束了。"他傻乎乎地重复着。

"结束了。我希望你现在能考虑一下自己,在我看来,你已经完全自由了。我只有一个条件。"

他几乎都没有勇气问她条件是什么。

"如果只是我需要你的话,"她说,"不要多想,这没什么;我不会靠近你身边的。但是,"她压低了声音,"如果你需要我的话,保罗——如果我知道你需要我的话,如果真有一天你需要我的话——那么我会不惜一切代价来到你身边的。你明白吗？"

他只剩下叹息声。

"我想你该明白了。"她总结道，"我想我要说的就这些了。现在回去吧。我建议你还是走回去吧，因为你在发抖——再见了——"

她朝他伸出一只冰冷的手，然后他就下车了。当公共汽车再次开动时，他转身走到路边。这是他认识她这么多年来，她第一次没有面带微笑、没有挥挥她那长长的手臂与他告别。

IX

他站在路边陷入痛苦之中，他一直目送她走远；直到她的身影消失在他的视线的那一刻，他感到如释重负。她放他自由了；不错，他觉得自己一直是自由的，但现在不是钻牛角尖的时候。他现在可以自由行动，一切都很顺利。很快他就感到非常轻松，对自己重获自由感到由衷的喜悦；还没走到半路，他就已经决定好下一步该做什么了。

他所在教区的牧师就住在离广场不到十分钟路程的地方。奥列龙转身朝牧师的房子走去。他有必要知晓关于这栋有着保险公司标志、还东倒西歪地挂着"出租"广告牌的老房子的所有信息，而最可能提供信息的人就是牧师。万事俱备只欠东风了，啊哈！奥列龙乐得咯咯笑——一切都在他的意料之中！

但奥列龙并没有得到预想的那么多信息。牧师说这栋房子已经很老了——这不用说奥列龙也应该知道；有传言这里闹鬼（奥列龙竖起耳朵），但在那些无知之人广为流传的谣言中，几乎没有老房子不闹鬼的；牧师认为，可悲的是现代人都缺乏信仰，但即使这样他们也无法破除迷信。相对而言，牧师在不知道听众做何反应的情况下不会说出一些冒昧的话，这种方式就让人感到很宽心。奥列龙看出来了，所以只是笑了笑。

"你不用管我，我就问个问题。"他说，"这地方有多久没人住了？"

"恐怕有十几年了吧。"牧师回答。

"那最后一个住在这儿的房客——你认识他吗？——或许是个女的吧？"当奥列龙问起房客是男是女时，他的神经格外紧张。

"是男的。"牧师说道，"是个男的。如果我没记错的话，他叫马德利，是个艺术家。他可真是个隐士，几乎都不出门，而且——"牧师犹豫了一下，但后来还是实话实说了，"既然你都来问我了，而且知道真相也比外面疯传的各种版本要好；实话跟你说吧，那个叫马德利的男人就死在那房子里，死因也很离奇。通过尸检后证实，他的胃里没有一点儿食物，活活饿死的，但是他并非身无分文之人。他的尸体也不成样子了。说是自杀，但是要我说，故意让自己活活饿死，这种自杀方式可不常见。存疑裁决也被驳回了。"

"啊！"奥列龙很惊讶，"有没有关于这个教区历史的详细资料？"

"没有，只有部分的。我本人倒是记了一些教会历史、一些记录什么的，你要是想看的话，我很乐意拿给你看。但是你也懂的，这是一个大教区，而我只是一个助理牧师，也没多少空闲时间，所以……"

接下来的谈话中，牧师说到自己教区的范围大以及自己很少有空闲时间。奥列龙听完以后，对牧师表示感谢就离开了，慢慢地走回家去。

他走得很慢是有原因的，在走到离大门不远的地方，他两次转身离开，又转了二十分钟左右。如今，摆在他面前的是一份非常棘手的工作；他需要全神贯注，不亚于让他进入一种不受干扰、无忧无虑的忘我境界，如果他能做到的话，就能像刚搬到这儿来的那天早上一样，那么他就可以着手继续写旧版本《罗米莉》的第十六章了。

如果他能重新体验第一次来到这儿的感觉，那么他现在所希望的就远不止这些了。从前，他脑子里的麻烦事多得永无止境。在受到这栋房子影响之前，他早就不想继续写那枯燥无味的十五章手稿了。永远都没任何结果。整个过程就是从一开始慢慢地饱和，不断地充实，一直装满到溢出来。他现在一身轻松，毫无负担，终于也摆脱了旧版《罗米莉》和其原型的束缚。现在他要写的是一个全新未知的、腼腆的、多疑的、令人神魂颠倒的美人！

下午两点半的时候，他把钥匙插进耶鲁锁里，进了房间，然后关上身后的门。

他的奇思妙想没想到马上就变成了现实。当踏进房间的时候，他几乎都要发出胜利的欢呼声，就好像他是好不容易才逃了进来。他又一次感到一种全新的，因轻松而自如，因解脱而兴奋的感觉，就像他在写作时每天都感到新鲜、惊奇和充满希望一样。房子里的空气似乎含有更多的氧气，他的重心好像也发生了改变，步伐似乎也不那么沉重了。花瓶里的花，比例匀称的草地色镶板和装饰线条，擦得锃亮的地板，带有星星点点图案的厚实的天花板，都对他表示欢迎且愉快地笑出声来。奥列龙也笑了。

"哦，你太美了，太美了！"他对这一切夸赞道。接着便躺在沙发上。

那天下午，他就像一位康复期病人一样，期待着一位可爱的访客跟他一起度过——在这个美妙的无聊的午后，仿佛在睡梦中还不时地微笑着，还时不时地抬起睡眼惺忪且心满意足的眼睛望着房子里迷人的环境。他就这样一直躺到夜幕降临，伴随着黑夜来临，以及黑夜中这栋老房子的各种声音……

但是，如果他在等待任何特殊的事情发生，那就是在白费力气。

第二天他也这样徒劳地等着，虽然也不轻松，但是他的头脑敏感得像胶卷底片似的。没有什么重要的事情发生。不管他如此耐心追求的是什么，想必它肯定是害羞而且难以取悦的。

等到第三天的时候，他觉得他明白了。他的眼神里透露出一丝温柔、诙谐以及狡黠，接着便咯咯地笑了起来。

"哦嗬，哦嗬！好吧，如果风只吹到那儿，我们得看看还有什么办法。现在，我们想干吗呢？不，我不会派人去叫埃尔希的；我们不必小题大做，还没到那个份儿上，我的美人……"

他站在那里沉思着，用手指摸着自己瘦削的下巴，斜视着什么；突然他穿过门厅，取下帽子，走了出去。

"我的美人很喜欢卖弄风情，是吗？那好吧，那就稍微冷落你一下，看看有什么效果吧。"他一边走下楼一边咯咯地傻笑着。

他来到一个火车站，上了火车，在乡下度过了剩下的一天。哦，是的。奥列龙想着，他就是美人交往的男人，她向他招手，引诱着他，接着又害羞地畏缩不前。

他直到晚上十一点才回家。

"是时候了，我的美人！"他一边沿着小巷往家走，一边在口袋里摸钥匙，嘴里还嘟囔着。

在房间里，他特别镇定自若、不慌不忙、小心翼翼。为了不露出任何马脚，他只点了一根蜡烛，仿佛是在暗示他马上就要睡觉一样。当他拿着蜡烛像往常一样到处转一圈的时候，他假装打着哈欠。他先走进厨房，今晚是满月，月光洒在地板上，月光几乎是孔雀蓝色的，跟蜡烛的火光形成对比。窗帘没有拉，他可以看见蜡烛的倒影，当他四处走动时也可以微弱地看见自己脸的倒影。弹药柜的门半开着，他先把柜门给关上了，然后坐在椅子上脱下靴子，椅子上还垫着坐垫，那是折叠好的用来包裹竖琴的袋子。他从厨房出来走到了浴室，在那里，另一束蓝色的月光斜射在窗台上，洒在墙上的管道上。他又去了几乎不怎么使用的书房，在那儿站了一会儿，凝视着广场对面银色的屋顶。接着，他径直穿过客厅，因为他还穿着袜子，所以能悄无声息地走进卧室，把蜡烛放在五斗橱上。他的脸除了疲惫外全程没有任何表情。他从未如此诡谲也从未如此警觉。

卧室里的小壁炉正对着带镜子的五斗橱，房间的其余两边分别是他的床和窗户。奥列龙拉下百叶窗，脱下外套，然后弯腰从床底拿出拖鞋。

他没有理由再说服自己，虽然他没有怀疑过，但这两天被隐瞒的事实现在就在眼前。尽管根本猜不到它到底是什么样子的，但奥列龙却一点也不害怕。多少会有些吃惊或惊讶，他对此也早有准备，所以仅此而已。他变得愈发消沉，他的手在床底摸来摸去，想找到自己的拖鞋……

但是，尽管他小心谨慎、有条不紊、早有准备，他的心仍然像漏了一拍一样，这太可怕了。他的手摸到了拖鞋，但他还跪在地上，否则的话他早就掉下去了。他的床很矮，为了找到拖鞋，他只好把头转向另一边。他小心翼翼地保持这种姿势，直到自己稍稍恢复镇定为止。不一会儿，他站起身来，他的下嘴唇上有一滴血，牙齿不小心咬到的。这时，手表突然从马甲的口袋里掉了出来，挂在皮表套的一端……

然后，当手表还在微微晃动时，他又恢复了正常。

壁炉架的中间有一幅画，是他祖母的肖像；他站在那幅画前面，这样一来，从画框玻璃中，他可以看见身后五斗橱上的蜡烛不断燃烧着的火焰；还可以看见镜子和蜡烛周围物体，无论是从斜面还是平面反射出的微光；但他能看到的远不止这些。这些微光、发射以及再次反射并没有改变物体的位置，但是有一道微光是移动着的。虽然它比其他的微光还要微弱，但它在空气中上下跳动着。这是蜡烛在奥列龙的黑色橡胶梳子上的反光，每次随着微光往下移的时候，都会出现丝滑的噼啪声。

奥列龙一边看着祖母画像框上的倒影，一边忙活着其他的事情。他摸着那个晃来晃去的手表，开始慢慢给表上发条，上好以后他开始把裤袋里的钱都掏出来，接着把掏出来的所有一便士和半便士放在壁炉架上，一排一排地放好。微弱的电磁声充斥着整间卧室，如果奥列龙换个角度观察的话，移动的梳子发出的微弱反光几乎可以照出他祖母脑袋的轮廓。

不管是谁的脑袋,那轮廓都是模模糊糊的。

奥列龙把所有口袋里的东西都掏了个遍,接着他又假装打了个哈欠,在此掩护下他突然转过身来,与其说是自己下定决心,倒不如说是过度的好奇心所驱使。但还是看不到是谁在梳头,但梳子的影子却一直都在移动。它稍微换了一下角度,又向左移了移。它相当有规律地移动着,从垂直于地面五英尺高的地方,移到了低于五斗橱几英尺的地方。

奥列龙还是令人佩服地行动着。他走到位于角落的小盥洗台前,倒了点水准备洗手。他脱下马甲,准备睡觉了。梳子的影子还在移动,他站在那儿沉思了一会儿。他的眼睛再次闪闪发亮,接下来就会很有意思了——

"我想我还会看一刻钟的书。"他大声说道。

他走出了房间。他离开了几分钟,再回来的时候,房间突然安静下来。他瞥了一眼五斗橱,梳子还在上面,就在他刚脱下的衣领和一双手套中间。奥列龙毫不犹豫地伸出手拿起梳子。这是一把非常普通的梳子,是在一个药店买的,只花了十八个便士。梳子由一种特定比重的材料制成,与那些在虚空中运行的世界一样,它无法违反自身的生存法则。奥列龙又放下梳子,然后瞥了一眼手上拿着的一大捆纸,这才发现自己刚刚去拿的是原版《罗米莉》的十五章手稿。

"嗯！"当他把手稿扔到椅子上的时候，喃喃自语着"正如我想的一样……她只不过是盲目的、疯狂的、凶恶的妒忌。"

自那之后的第一个晚上，第二个晚上以及之后的许多夜晚，多到奥列龙数都数不清的夜晚，他都在不停地去讨好她，哄骗她，怠慢她，威胁她，哀求她。尽管生活只剩下消耗殆尽的激情与欲望，但他还是继续寻找着那个藏在房子里的未知分子。

X

随着时间的推移，除了邮递员，几乎没有人会走上奥列龙家的楼梯；由于奥列龙自己也不怎么写信给别人，所以他很少收到别人的信，这样一来就连邮递员的脚步声也很少能听见了，一个星期最多能听到一两次。有一天他收到来自出版商的信，问他们什么时候能收到奥列龙新书的手稿；他准备几天之后再给他们回信，但最后却彻底忘了。当收到第二封信的时候，他也没有回信。此后，就没人再寄信来了。

天气变得阳光明媚。斧头一样的广告牌中间的女贞灌木丛开花了。奥列龙经常买东西的街上，卖花女提着花篮一排排地站在路边。奥列龙每天都买花，他的房间呼唤着一天一换鲜花，奥列龙从不吝啬于满足它的要求。然而，不得不出去买花这件事让他越来越苦恼，而当他再回到家的时候，他越来越有种松了一口气的感觉。他开始意识到，自身的感觉又发生了微妙的变化——这种变化不是恢复到以前的状态，而是可以放大包括恐惧在内的一切感情。这是一种全新的形式。这种恐惧叫作广场恐惧症，奥列龙开始对这里的空气以及空间都感到害怕，他害怕有人突然从背后袭击他。

不久他就想到了一个办法，他可以让人每天把食物和鲜花送到自己家门口。想到这个权宜之计的时候，他高兴地搓了搓手。这太好了！这样一来，不管他出不出门都可以……

他很快就确定了自己的选择。自我封闭成了他的乐趣。

但是他并不快乐——或者说，即使他快乐的话，也不是他所想要的那种快乐。他烦躁不安，有时仅仅因为软弱和痛苦而哭泣；然而，即使这样，在他模糊的意识里，他也不愿用自己的悲伤去换取外面世界的喧闹和欢乐。说到噪声，太多的噪声让他感到严重不适，但比起新生的恐惧还更难以忍受。他现在外出的次数也越来越少了，偶尔外出的时候，他都会一边扶着墙，一边紧紧地摸着栏杆走，每当这时心底就会产生一种新的恐惧，而这种恐惧实在是难以忍受。他穿着拖鞋轻轻地从一个房间走到另一个房间，有时只是在那儿站几秒，然后再轻轻地关上门，不让任何声音打破寂静，因为寂静本身就是一种乐趣。如今对他来说，周日变得令人无法忍受。因为一般周日天气都很好，但是每个周日的早上，长鼻子巴雷特所信奉的教派里的一些成员就会聚集在他窗下的广场上，他们还会打着鼓，演奏一些铜管乐器；男男女女们都发出痛苦的声音，祈求上帝；而巴雷特本人则仰着脸，闭着眼睛，皱着眉头，祈祷的声音都能传到教徒的耳朵里——反正肯定是传到了奥列龙的耳朵里。有一天，当他们还在满心欣喜祈祷的时候，奥列龙忽然冲到百叶窗旁边，一把拉下窗帘，接着他就听到了自己的名字，一群人正在滔滔不绝地抱怨着他。

而有时候，奥列龙并不想回答，他只是静静地站在那儿轻声呼唤着。他偶尔会喊"罗米莉"的名字，然后等着看有没有回复；但是更多的时候，他在窃窃私语时并没有提到某个人的名字。

他越来越频繁地出没于房子的某个地方。就是打开卧室门的地方。有一天他发现当打开所有房间的门（大门除外，每次他都很不情愿把大门也打开），然后站在那个特定的位置，一动不动地站在那个位置，差不多可以看到五个房间。他可以看到整个客厅和卧室，除了卧室敞开的门后面，还可以瞥见厨房、浴室还有几乎不怎么使用的书房。他总是站在这儿，手指贴在唇上屏住呼吸。一天，当他站在那儿的时候，他突然冒出这样的想法：牧师所说的那个马德利，是否发现了这个地方，这个位于卧室门口的绝佳位置。

而且，跟黑暗相比，现在光明更让他不安。每天，当阳光照进所有的房间，直射在他身上，他的脑子里就像有一团火焰一样火辣辣的。

即使是散射的光,他也会感到隐隐作痛。一天的大多数时间,他都会拉下那几个深红色百叶窗。为了拉下百叶窗,他不得不鼓起勇气短暂地离开一会儿,但以防万一,他还是小心翼翼地让卧室的门敞开着。不久,拉下百叶窗成了例行公事一样,他巡视所有的房间,它们在那半暗半明的血红色灯光下就像摄影师的暗室一样。

有一天,当他拉下小书房的百叶窗,有条不紊地走出房间时,他突然轻声地笑了起来。

"巴雷特,那个混蛋!"他说道,巴雷特脸上那困惑的表情让他乐了好长时间。

但不久之后的另一天,他又被什么吓了一跳,害怕得哆嗦了好长时间。他准备拉下靠近座椅的那个窗帘,也就是在发现那个包裹竖琴袋子的地方,他的后背正对着门;就在此时,他忽然觉得看见黑白格子的裙摆消失在房间的角落里。他也不确定——即使是立马跑到另一堵墙的窗子边,那里黑乎乎的什么也看不到,但是那裙子肯定穿过去了——但是他几乎可以肯定那就是埃尔希。他痛苦不堪地听着是不是她上楼的脚步声……

但是却没有任何的脚步声,三四分钟后,他深深地松了口气。

"天哪!差点儿吓死我了!"他嘟囔着。

他时不时还在嘟囔着:"吓死我了……没有女人会受到了这样……

没有这样的女人……哦，真的是吓死我了！"

然而，他并不快乐。他也不知道自己为何有时在安静中哭泣，情绪变幻无常，就像是广场上方飘过的云挡住太阳，阳光忽明忽暗一样。可能，只有当一个人没有期望的时候，才不会失望吧。一个人肯定是在失去之后，才会感到失望，但是他却没有失去任何东西，因为一开始他就一无所有。但他却一直渴望着拥有些什么，在这个鲜花簇拥、令人心醉神迷的房间里，深红色的百叶窗把髓白色的墙壁衬托得像鲜血一样幽暗。

他没注意到自己的钱已经所剩无几了，而且早就不再工作了。不再工作？他才没有不再工作。那些觉得奥列龙不再工作的人，其实什么也不知道！实际上，他才刚刚开始工作。他正准备着这样一部作品……这样一部作品……他正酝酿着，让这样一个女主人诞生于他的艺术中……过完这段适应期和痛苦的等待期，人们就会看到……奥列龙的美人，在他自己了解她之前，别人怎么会知道她呢？光芒四射、可爱又迷人的创造物，绝对不会随意被抛弃。那些求上帝保佑的人必须要像奥列龙一样流下悲伤的泪水，还要像奥列龙一样满怀着狂妄自大的希望，更要像奥列龙一样追求那个任性又美丽的、喜欢嘲弄别人的、狡猾而又热切的幽灵，即使她一直在逃避，但人们却要不停地追逐，永远不能懈怠。让奥列龙自己一个人再追捕这个女猎人一段时间吧。

他还没有把她搂入怀中,看着光芒四射的她在他怀中气喘吁吁……哦,不,如果他们以为奥列龙已经不再工作,那就大错特错了!

如果奥利龙将失去其他所有,他会很高兴放手让它们离开。当美人在向我们招手时,我们也会这样做。早在一开始的时候,我们会眉目传情,答应她会对她百依百顺,接着有一天会对她不理不睬,像她以前妒忌引诱我们一样妒忌她,当她来哄我们的时候,对她置之不理。可能是每个人的内心都潜伏着一个无情的精灵,它从来没有上过当;但最后所有的一切都消失了。她招着手,招着手,一切都消失了……

奥列龙就这样守在那个绝佳位置——卧室的门口,就在那儿注视着、等待着、微笑着,手指放在唇上……这表明了他的忠贞、他的爱慕,还有他的誓言,这是他所知道的关于爱的一切。当他发现自己有时很恨那个死去的马德利,要是世上没有马德利这个人就好了……

就这样,他仿佛做好了结婚的准备,但新娘却迟迟不见踪影,他变得愈发闷闷不乐,甚至是烦躁不安;接着他发现了一件事情,而这件事本该在几周前就应该被发现了。

正是因为想到死去的马德利,他才发现这件事的。有天晚上,他幼稚地以为,只要故意怠慢她,那可爱的美人就会屈服于他,接着他又利用她本身的妒忌来赶走她。自那以后,他就再没有看见过《罗米莉》那十五章手稿了,他记得把手稿扔在靠窗的椅子上,但一时却忘了它们的存在。他自己对马德利的嫉妒使他想起了美人对她自己的死对头的嫉妒，它们是有血有肉的，即使它们已经被抛弃了，奥列龙这时才想到它们……他真是太傻了！难道他还指望自己摇摆不定的忠心会让美人自己现身吗？而且她的激情是如此强烈，两次都毫不犹豫地集中火力对准她的对手，企图毁灭她。这都没看出来吗？他真的太傻了！

但是如果这就是她所要求的所有承诺和牺牲，那就应该是满足她——啊，是的，而且得快一点！

他从靠窗的座椅上拿起手稿，拿到了火炉旁。

他点燃了炉火，火一直在燃烧着；温暖的空气把残留在房间的最后一丝花香也冲散了。他不知道此时已经几点了，因为钟表已经坏了好久——对于此时发生在奥列龙身上的惊人事情，如果用时间来测量的话未必也太过愚蠢了，但是他知道现在已经很晚了。他拿起《罗米莉》手稿，跪在炉火旁。

但是，还没来得及解开捆手稿的绳子，他突然吓了一跳，转过头仔细地听着那声音。他所听到的声音并不大——实际上，不过是轻轻地敲击声，重复了两到三次——但奥列龙却惊恐万分。当敲击声再次响起时，他的脸都吓黑了。

他听到外面楼梯口有人在喊："保罗！保罗！"

这是埃尔希的声音。

"保罗！我知道你在……我要见你……"

他小声地骂着她，但却一动不动。他并不打算让她进来。

"保罗！你有麻烦了……我觉得你有危险……至少开一下门！"

奥列龙强忍着笑意。他觉得很好笑，她自己都自身难保了，还来跟他说他很危险！好吧，如果她真出了什么事的话，那也是她活该，她自己知道，或者她以为自己知道，这所有的一切……

"保罗！保罗！"

"保罗！保罗！"他小声地模仿她。

"哦，保罗，这太可怕了！"

可怕，是吗？奥列龙想。那就让她走吧。

"保罗，我只是想帮帮你，保罗……我答应过你，如果你需要，我就会来的……"

埃尔希先是可怜地啜泣着，接着便低声哭了起来，而奥列龙对这一切都无动于衷。真是个可悲的女人！他应该喊她走开，并再也不要回来。不用这样：让她继续叫唤，继续敲门，继续啜泣吧。她天生就爱哭，她不会以为她哭了就会打动他吧。非但没有打动他，还激怒了他，所以他只能咬紧牙关，向她挥动着拳头，但仅此而已。就让她哭吧。

"保罗！保罗！"

他咬紧牙关，把《罗米莉》的第一页扔进火里。接着他一张一张地把剩下的都扔进火里。

门后的呼唤声一直持续了好几分钟,忽然就停了。接着,他听到了缓缓走下楼梯的脚步声。他留神听着是否有摔倒的声音,或是叫喊声,又或是撞到楼梯扶手的声音,但这些声音都没有出现。埃尔希幸免于难了。很明显,她的对手将她可怜地打倒在地,就放了她一马。奥列龙听到她从窗下走过的声音,然后她就离开了。

他把手稿的最后一页也扔进火里,然后低声笑了起来。

他深情地环视着自己的房间。

"她真幸运,就这样离开了。"他说,"要是我看了她一眼或是跟她说了一句话,她可就跑不了了!女人们是多么恶毒啊!但是,我不该这么说,也不是所有女人都这样,有一个女人就很宽宏大量……"

谁表现出了宽容的一面?又宽容了什么呢?哦,奥列龙知道!……毫无疑问,最主要是不屑一顾。可那也没有关系:那个纠缠不休的女人安然无恙地离开了。是的,她很幸运,奥列龙希望她能意识到这一点……

所以现在该他得到奖赏了!

奥列龙穿过房间。所有房间的门都开着;当他走进卧室的时候,眼睛都在发光。

他真是个傻子,怎么早没想到把那些手稿给烧了!

在满屋子的阴影里,他怎么能认出自己的影子呢?在满屋子的喧闹声中,他又如何能分辨出近在咫尺的召唤声呢?啊,相信他!他肯定有办法的!房间里昏暗的灯光,使人眼花缭乱。从他身旁的百叶窗勉强可以看见路灯模糊的光——从远处厨房门那里可以瞥见蓝绿色的月光——烧焦了的手稿的灰烬下还有一丝未燃尽的火苗——碗里的郁金香、罐子里的月雏菊、坛子里的水仙花都泛着微光——这所有的一切并没有欺骗或迷惑他的眼睛,所以他能认出自己的影子!是他自己,而不是她,一直让那个阴暗中的新娘无法现身;他低着头默认了这个事实。然后他又把目光投向迷惑人心、令人困惑的昏暗。如果他知道她的名字的话,他一定会叫她的——但是现在他都不想问她的名字,因为他甚至都不想让别人也知道……

他靠在门框上的脸就像黑暗中的水仙花一样泛着白光。

厨房里的影子变得像羊毛一样轻盈(在这个时候,奥列龙会说这是因为乌云遮住了本就看不见的月亮)。从他身旁的百叶窗透进来的光也越来越暗了(在这个时候,奥列龙又会说这是因为点灯的人在巡视的时候把灯的火焰调暗了)。火渐渐熄灭了,烧焦的手稿也变成了一团灰烬;一朵花从碗里掉了下来,好像掉到了地板上;一切都是静止的;接着,一缕微风吹进这栋老房子,拂过他的脸……

突然,他歪着头,从门框边往后退了一点。穿堂风把门铰链都吹动了，奥列龙也猛烈地颤抖起来；他又站了一会儿，接着把手放在门把手上，轻轻地关上了门，然后在最近的椅子上坐了下来，就这样等着，就像一个人要去私会一个位高权重的人，现在正等着叫到他的名字一样……

XI

不知道人类是否会对精神空虚产生怜悯之心。当人生跌落的时候，灵魂也会倾覆、扭曲，原先每日甜蜜而世俗的时光变得可怕，人际关系也不见了。理智的灵魂会被吓跑，恐怕不仅是灵魂，就连理智都会跟着受苦。我们不是神，我们无法赶走魔鬼。我们必须自私一点以防魔鬼进入我们的身体。

我们必须要这么做，即使人世间充满了爱，以至于我们很可能认为人的天性有一半是天赐的。我们只谈荣誉和责任是没有用的。掉到黑漆漆的门后面的那封信，没有人会去理睬；即使是在不可言说的两次过失中间，有一瞬间会记起那封信，但还是会被扔到一边，被遗忘。电报不会送来了，当那个吹口哨的信差转身离开那个关上的百叶窗时，也不会注意到有人用手指把百叶窗推开了一英寸，然后又惊恐地重新拉上。不，就让那个可怜人跟自己的影子搏斗吧；如果他真疯了的话，就让他抓住那个女妖，紧紧地抱住她，和她躺在一起；但是让他在一个没有新鲜空气进入的,也没有阳光穿透的暮色霭霭的房子里这样做吧。堕落之人无人能救,其他人也无暇顾及。

六月的一天,奥列龙正悄无声息、蹑手蹑脚地把客厅里一大堆已经凋谢且腐烂的花扔进厨房,他看见门边的地板上有两封信,而信上的笔迹对他来说也没有什么意义了,那不过是一个遥远而模糊的梦想。当他听到报童的敲门声,就在离他的床几英尺的地方;他咬牙切齿并捂住自己的耳朵。他都能想象那个男孩站在那儿,就在隔板的那边,在一袋又一袋的食物和一捆又一捆枯死的花之间。因为那些东西就堆在外面的平台上。奥列龙不敢开门把那些东西拿进来。一周之后,跑腿的小孩汇报说肯定是订单搞错了,此后就再也没来送东西了。屋内,在红色的暮色中,枯萎的花已经变成了褐色,就在它们躺着的地方凋谢、腐烂。

渐渐地,他的能量几乎快要被耗尽了,憎恨之情却乘虚而入。他的精力持续不断地耗尽,一连几个小时茫然地盯着被染红的天花板,漫不经心地沉浸在幻想里无法自拔。即使是最深刻的记忆,也无法持续地吸引他的注意。有时,像一本他将要写的小说,或者他必须要写的小说,这些短暂的回忆会短短地戏弄一下他随后便消失了。有时,整本的小说,那些完美的、优秀的、经典的小说,都会神奇地出现在他面前。还有时,那些极其遥远且琐碎的记忆,是关于他曾经住过的阁楼和为他遮风挡雨的公寓等。奥列龙是还记得以前住过的很多房子，但这一切都已经过去了。他现在终于找到了一个地方，除非是被赶出来，否则他是不会离开的——有些人会觉得这栋房子太老旧了，而其他人又觉得这房子里很久之前死过人，肯定味道很重，没准还会闹鬼，所以不适合一个活人住；但是啊，对于奥列龙来说，它是如此的无法抗拒；因为当一个人无法抗拒它的时候，就会发现它拥有如此强大的威力，还拥有如此亲密的伙伴，这就是个充满快乐的地方！一本小说？真应该有人写一本关于这个地方的小说！写这样的地方，肯定有很多东西可以写，但前提是要摸清这个房子的底细。没准这地方已经被别人画过了，就是那个曾经住在这儿、名叫马德利的男人画的……但是奥列龙不了解这个马德利——但他有一种强烈的直觉，自己是不会喜欢他的——宁愿马德利住在别的地方——真的受不了这个家伙——实际上，他恨马德利这家伙（哈！只是在开玩笑！）。奥列龙严重怀疑那个男人是否过上了他应过的生活，奥列龙有时也拿不定主意，不知道该不该把这件事告诉对面那个维护公共道德的长鼻子卫士巴雷特，但没准他早就知道了，还有可能已经在那喧嚣的祈祷中为奥列龙祈祷过，这是他能干出的事情。但为什么呢，明明他们俩曾经还为了这样或那样的事吵过架……好像是为了某个女孩……他记得名字好像叫埃尔希·本戈……

有时，奥列龙对这个埃尔希深感不安，或者更确切地说，他不是对她这个人感到不安，而是对她所做的事情感到不安。尤其是她现在总出现在他的脑海里，但只要他反应得足够快，当她一出现在脑海里，他就努力让她消失。事实上，她不仅仅是个讨厌鬼，她好像一直都是这样；而现在她惹人嫌已经达到了这样一个地步：只要一想到她，就会破坏他们曾经在一起的那些欢乐时光……她一点都不圆滑，真应该告诉她，人们一般都不太愿意去听从他人的想法；仅仅出于礼貌，有时候也应该给予他只属于自己的私人空间；如果连这些都不知道，那她就太无知了，但似乎她好像真的不知道，男人们都会有热血沸腾和热血偾张的特殊时刻，这样的话……不错，就像他对待爱管闲事的巴雷特一样，直接把他拒之门外，这样的做法也是合情合理的……但糟糕的是：只要她突然出现在脑海里，就会把一切都给毁了。只要她突然出现在脑海里，他梦中那些完美的魔幻小说，旁边光彩夺目高耸入云的大楼，一切会变得黯然失色，瞬间就消失了。仿佛是一团雾突然遮住了一颗灿烂的星星，仿佛奥列龙站在一个金色大门门口，突然裂开一个坑；又仿佛是一个蝙蝠一样的黑影将本来快要拂晓的黎明又拉入无尽的黑暗……因此，奥列龙竭力克制住不去想她。

然而，有一次，这个叫本戈的女人仿佛在他的脑海里，拼命地反抗着这种镇压。奥列龙也无法准确说出这是在什么时候发生的；他只能从百叶窗上街灯的微光知道,应该是在晚上的某个时候,她也有好一段时间没露面了。

他没预料到她的到来;她刚来——就在那儿。无论他怎么努力,都无法摆脱对她的思念,也无法摆脱她的面容。她折磨着他。

但埃尔希偏偏在这个时候来!真的让人难以置信!她怎么能忍得了呢,奥列龙简直不敢想象!事实上,看着死对头的胜利……天哪!这太可怕了!机智——沉默——奥列龙从不认为她拥有其中任何一种的品质;但他从没有想过用什么词去形容她——哦,她是无法用语言来描述的!太可怕了——太可怕了!难道她打算从今以后……天哪!就这样袖手旁观!

奥列龙对她恼羞成怒,热血直冲发根。"让她见鬼去吧!"他哽咽着说。

但下一秒,他的愤怒和怨恨就化成了因害怕而出的冷汗。他惊慌失措,竭力想弄清自己到底做了什么。虽然他不知道具体做了什么,但他肯定是做了一些致命的、无法挽回的、令人震惊的事情。他感到愤怒,但不是这种带着白色地狱之光瞬间湮灭他朦胧意识的怒火。那令人望而生畏的闪光不是他的影子——来自地狱裂缝中的明亮而灼热之光不是他的影子——不是他的,肯定不是他的!他的影子就像一个孩子的手,准备轻轻拍一下;但是,另一只刚刚在同一个地方反击又缩回去的可怕的手是什么？难道是他动了吗？难道是他的怒火变成了火花，触发了那个可怕而无情之地所积聚起来的所有力量吗？他不知道。他只知道他体内的那根导火索已经熄灭了——哦，这不可能！——一个热吻（要不然怎么表达呢？）落在他唇上，他咬紧双唇移开了；因为害怕那可怕的概率，他不得不对她大声地喊出来，他最近总是为了保护她而发火……保护她……

"小心！"他大声尖叫……

这种恶心感是瞬间袭来的。就像一股冰冷的巨浪将他淹没，他发现自己躺在床上，一直笼罩着他的阴霾和恐惧也已经消失了。他知道自己是保罗·奥列龙，而他如今病了，一丝不挂，无药可救，孤苦伶仃。他的感官能力虽然很虚弱，但是勉强还尚在；他知道自己肯定是做了一场可怕的噩梦，才会这样出了一身冷汗，浑身发抖。

是的，他还是他自己，保罗·奥列龙，一个疲惫不堪的小说家；早就经历了事业的巅峰，现在一无所获地走下坡路。他没有实现自己的人生目标。他努力过头了，高估了自己，结果就失败了，失败了……

他只用一个字就可以完整无缺地概括他的一生，甚至都不需要过多的思考，他是一个失败者。他错过了……

他错过的可不止是一种幸福，而是两种幸福。他错过了世人所爱的尘世的安逸，他还错过了世人因放弃安逸而得到的另一种光辉奖赏，抢夺、占有并耀武扬威地将奖赏高高举起，这是疯狂的冒险家冒险的唯一理由。错过了就是错过了，人生不会再重来。奥列龙明天还得继续做那些毫无意义、没有做好且没有必要的工作，一而再再而三，以此类推，要无穷无尽地干下去……他躺在那儿，身体很虚弱但头脑却很清醒地思考着。

既然所有的尝试都以失败告终，那么就不值得再去考虑是否能从这次巨大的灾难中挽救一星半点。那本写了一半的小说也不会有什么好结果的。本来在这个秋天是可以出版的，根据合同来说是应该出版的；不管了，与其白白浪费剩下来的日子，不如把罚金交给出版商。他已经精疲力竭了，年纪也老大不小了；在余生的旅程中，最合适走的路便是智慧与悲伤之路了……

要是他当初选择了妻子、火炉边的孩子、他忠实的朋友，那么让他们照那清单办就好了！

与此同时，他非常困惑，自己怎么会这么虚弱，而且他的房间怎么闻起来有一股植物腐烂后浓烈的气味；他的手在黑暗中碰巧摸到了自己的脸，又摸到了胡子。

"太不可思议了！"他开始自言自语，"我生病了吗？我还没好吗？如果真是这样的话，他们为什么让我一个人待着？简直是不可思议！"

他觉得自己听到了从厨房或浴室传来的声响。他在枕头上稍稍抬了抬头,听着那声音……啊,那么他就不是一个人待着了!如果他们明知道他生病了,还让他一个人待着,那太反常了——一个人?哦,他可不是一个人。有人会照顾他的,他们不会让他生着病还自己照顾自己的。如果所有人都抛弃他的话,他还能信任埃尔希·本戈,他最亲密的朋友,愿上帝保佑她那颗忠诚的心!

但他突然听见一声尖叫:"保罗!"声音短暂而嘶哑,杂乱而仓促。是从厨房传来的。

与此同时,奥列龙不知怎的突然想到,记不清在几分钟之前,可能是在两三分钟之前,又或是五分钟之前,有另一种声音,当时没有注意但现在却引起了他的注意,这个声音肯定一直在努力引起他的注意。这个声音是金属与金属之间轻微接触的声音——就像奥列龙把钥匙插进锁孔里发出的声音。

"喂!……谁在那?"他在床上尖叫着。

没人回应他。

他又叫了起来:"喂!……谁在那儿?……你是谁?"

这次他确信自己听到了声响,时轻时重,就在厨房里。

"这可真是奇了怪了。"他嘟囔着,"天哪,我也和小猫一样虚弱了……喂,谁在那儿?刚才有人说话,是吗?埃尔希!是你吗?"

然后他开始用手敲床边的墙。

"埃尔希！埃尔希！是你叫我，对吗？不管是谁，请到这边来……"

好像传来一声关门的声音，接着就安静了。奥列龙开始有点慌了。

"可能是个保姆。"他嘟囔着，"当然了，肯定是埃尔希给我找的保姆。她可真是个勇敢的姑娘。只要她能抽得出时间，就会来陪我的，其余的事情就交给保姆……可是那声音跟她太像了……埃尔希，或者不管是谁……我真的猜不出。我得去看看到底怎么回事……"

他从床上先伸出一条腿。他能感到自己很虚弱，所以伸手去摸墙想借点力……

但在伸出另一条腿之前，他停下来考虑了一下，又揪了揪新长的胡子。他突然怀疑自己，是否真的敢走进厨房。那是一条可怕且漫长的路，如果他走那么远的话，谁知道会不会有什么恐怖的东西跳落到他的肩上，蜷缩成一团；当一个人一心只想回到床上时，他应该听从内心的想法并照着去做。而且，他为什么要过去呢？他去那儿干吗呢？如果还是那个叫作本戈的家伙，就让她哪儿凉快哪儿待着去吧！奥列龙可不会为了这样一个扫兴的家伙，在手无寸铁的情况下被吓得脊背发凉……如果她真的在里面的话，就让她自己滚出去吧，越快越好！奥列龙根本就不在乎，因为他有自己的事要忙。明天，他就要写一本小说，小说的女主人公是如此的楚楚动人，任性又可爱，妒忌且邪恶，美丽且极具魅力，完全是个坏女人，男人看了都会惊掉下巴。此时，她正向他走来；当她走近的时候，房间里的空气都变了，只要她一招手，她一招手的话，他的心中就会萌动温柔的狂喜……

他不再扶着墙，又倒在床上。哦，简直不敢想象！刚被打断的那个吻，又重新落在他的唇上（不然怎么表达呢？），他都快喘不过气来了……

XII

在六月阳光明媚的日子里，广场上挤满了人，他们都抬头望着那栋老房子的窗户，红砖砌成的墙上挂着年代久远的保险公司标识，栅栏上还挂着中介的斧头一样的木广告牌。两名警察站在狭窄入口处的破门前，阻止人们靠近。女人们站在人群外围，不时走动着，仿佛想从不同的角度看看那合上的红色百叶窗，纷纷窃窃私语着。孩子们都待在家里，紧闭着房门。

一个长鼻子男人身边围着一小群人，他一遍又一遍地讲述着某个故事；还有一个又矮又胖的男人，眼睛瞪得大大的，仿佛认识故事里的关键人物似的，想要引起长鼻子男人的注意。

"……就是在那天下午，我发现可能出了什么事。"那个长鼻子男人说，"当时我就站在那儿，就是现在桑德斯警官站的那个位置——或者更准确地说，我办事刚好路过，刚好看见他们俩走出来。我绝对没看错,哦,我发誓,我绝对没看错!我看到了那个女人的脸……"

"她长得怎么样,巴雷特先生?"一个男人问道。

"看起来就像上帝告诉她说:'女人,有人指责你吗?'——她的脸苍白得就像一张纸,没错就是这样!不要打岔!……我一直走到我太太面前,跟她说:'简,得打住了,而且必须马上打住了;神的旨意告诉我们要远离恶魔,这件事现在必须要有个了结,让他找别人帮忙吧。'

"而我夫人跟我说:'约翰,他一周付给我四镑六个便士呢'——这是她的原话。

"我又说:'简,哪怕是给四万六千镑,也要打住了。'……从那天起直到现在,她就再也没有踏进那扇门。"

接下来是一阵短暂的沉默。

"巴雷特太太有没有……看见过什么,比如?"其中有个人含糊地问道。

巴雷特表情严肃地转向那个说话的人。"不管巴雷特太太有没有看到什么,我们都不会乱说的;就像《圣经》中写的,祸从口出,所以我们要谨言慎行。"他说。

又有一个男人说话了:"他那天晚上在马车酒吧里几乎喝得烂醉如泥,是他吧,吉姆?"

"是他，我也注意到了……"

"他不是那里的常客，但那天晚上他确实在那，独自一人……"

"他是在那儿，我们还讨论过这件事……"

那个眼睛吓得睁得圆圆的胖子又说道。

"她还在我这儿配了一把钥匙——她有钥匙的编号——她是在一个周二的晚上到我店里的……"

没人理睬他。

"不要乱说。"一个壮实的工人粗声粗气地说，"她还没被找到。反正有侦探在，我们很快就会知道更多的情况。"

两名侦探走了过来，正和看守大门的警察谈话。那个小胖子急切地跑上前去，告诉他们那个女人曾在他店里配过钥匙："我还记得那个号码，因为很好记，只有三个1和三个3——号码就是111333！"他激动地大声说道。

一个侦探将他推到一边。

"没人进去过吗？"他问其中一位警员。

"没有，长官。"

"那么你，布莱克利，你跟我们过来；史密斯，你还在这儿守着大门。还有一队警察已经在来的路上了。"

那两个侦探和一个警察穿过小巷，走进房子里。他们踏上那宽敞的雕花楼梯。

"看起来,他最近不怎么出门。"其中一个侦探嘟囔着,把堆在奥列龙门口的一堆枯叶和废纸踢到一边,"我们根本就不需要砸门,布莱克利,你直接把玻璃给敲碎就行。"

门上有两块玻璃板,接着传来玻璃打碎的声音,布莱克利接着用胳膊肘捣开一个洞,将手伸进去拉开了门闩。

"呸!"其中一名侦探进来时差点被呛死,"快开窗通通风。臭得像灵车一样——"

广场上的人看到红色百叶窗打开了,老房子所有的窗户都打开了。

"这样好多了。"其中一个侦探说,他把头伸出窗外,深深地吸了一口气……"那里面好像是卧室,西姆斯,你能进去看看吗?我去看看其他的房间……"

他们又把卧室里的百叶窗拉起来了,床上那个脸色蜡白、骨瘦如柴的男人用手盖在眼睛上挡住那刺眼又使他无比痛苦的阳光。他以为自己的耳朵出了问题,他简直不敢相信他的房间里居然有两名警察正俯身问他那个女人在哪。他摇了摇头。

"那个叫本戈的女人……全名叫埃尔希·本戈的女士……你听到了吗?她在哪?……布莱克利,这样没用,把他扶起来,慢一点;我得把头伸到窗外去,我觉得……"

另一位侦探把奥列龙的书房翻了个底朝天，但什么也没发现，现在他又去了厨房，用脚踢开那地板上已经齐脚脖子深的蔬菜垃圾堆。厨房里没有百叶窗，巷子那头的空房子挡住了光。厨房里似乎除了垃圾什么也没有。

但就在侦探把枯死的花踢到一边的时候，他注意到有一条拖拽的痕迹，这并不是他自己留下的，那条痕迹一直延伸到角落里的橱柜。橱柜门的上半部分是一块方形嵌板，好像是嵌在滑槽里可以滑动的。橱柜门是关着的。

那名侦探走上前去，把手放在那个小把手上，沿着柜门的滑槽推了推。

接着他不由自主地往后退了一步。

有什么东西卡在缝隙里，向前倾了一点点，但最终还是卡在边框里，那东西就像一大块鼓鼓囊囊的布丁，装在一个褪了色的棕红色粗边做成的布丁袋里。

"啊！"那名警督叫道。

为了重新关上橱柜门，他不得不用手把那块布丁塞回去；不知为何，他不太愿意用手去碰那东西。相反，他转动了橱柜自带的门把手，费了好大的力气才勉强打开三四英寸，他朝里面瞅了瞅；之后他不得不用肩膀顶住橱柜，这样才能把柜门给关上。关柜门的时候，他突然在离地板几英尺的地方，发现黑白格子裙的裙角。

他又走到小厅里，喊道："找到了！"

他们帮奥列龙穿好衣服。奥列龙仍然用手挡住眼睛，脑子里一片混乱。一下子发生了许多他无法理解的事情。他不明白为什么好像到处都是枯死的花，还不明白为什么他的房间里会有警察；也不明白为什么还要派其中一个警察去叫四轮车和担架过来；更不明白的是厨房里好像有什么笨重的东西在四处走动——就在他的厨房里……

"出了什么事？"他睡眼惺忪地嘟囔着。

接着，他听到了广场上人们的窃窃私语声，还听到有一辆四轮车停下来。又有一名警官出现在他身边，奥列龙想知道为什么会这样，当警察低声对他说了些什么，好像是说了这么一大串——好像是什么"将成为呈堂证供"的话。他们把他扶了起来，扶着他朝着门口走去……

不，奥列龙根本不知道这到底是怎么一回事。

他们把他带下楼梯，走过小巷。奥列龙在混乱中似乎听到愤怒的喊叫，好像那些人都想私刑处死某个人似的。然后，他的注意力集中在一个又矮又胖、一脸惊恐的男人身上，他好像在说着什么，而一个警官正把他的话记在本子上。

"我曾看到她跟他在一起……他俩经常在一起……她来到我的店里，说是给他配的……我就没在意……那把钥匙的编号就是111333。"

那人正说着。

人们看起来好像很生气，许多警察拦住了他们；但其中一个侦探的声音听起来还是十分亲切友好的。他告诉其他警察，在什么东西被带出来之前，让他们先上车；奥列龙还注意到一辆四轮车停在了大门口。现在看来，刚才那个侦探说的什么东西指的就是奥列龙自己，当他们把他扶过来的时候，他看见那位侦探试图站在他和车后的什么东西之间，但那位侦探的动作慢了一点，奥列龙还是看见了，那好像是一个全都被罩住的担架。车外愤怒的骂声一片，就好像波涛一样汹涌；有块像石头一样的硬东西砸向车后座，一位侦探跟在奥列龙后面上车，他背对着靠近人群的那扇车窗站着。放奥列龙进去的那扇车门一直是开着的，很明显是要等另一位侦探上车。透过车门的缝隙，奥列龙可以瞥见女贞灌木丛中那像斧头一样的"出租"木广告牌，其中一个木板上还写着钥匙在六号房……

突然之间，愤怒的声音平息了。从入口的巷子里传来了一阵脚步声，另一位侦探走到了车门旁边。

"出发吧。"他对司机说。

他上了车，关好身后的车门，后背挡住了第二扇车窗。奥列龙在两位侦探中间睡得很安稳。车子沿着广场往下开，另一辆车往山上开去。停尸房就在那边。

罗厄姆

跟我所了解的情况恰恰相反，这就是他的名字，而关于他的一些事情，无论是名字还是他这个人，或者两者兼而有之，总让我想起黑人，我也说不清这是怎么一回事。至于这个名字，我敢说从发音上来看，它只不过是一些声音混在一起——没有什么特殊的理由，我只是简单地将其归类为一些听起来就很傻的词，就像"傻瓜"和"糊涂蛋"这一类。我只知道，当得知他的真名就叫罗厄姆的时候，我感觉世间再找不出任何一个比这个更适合他的名字了。

他给人的第一印象是，他的头就像是"黑白配"——浓密的黑发加上短短的白胡子，反之亦然，因为实际上，他的头发和胡子是杂色的；

所以如果在昏暗中，他脑袋的一侧模模糊糊有一片白，而胡子周围又时不时地冒出一撮黑色的毛发。只有他的眉毛是全黑的，还有几根黑发也几乎跟眉毛连在一起。也许是他的肤色让我想到黑人，因为他的皮肤真的很黑，深棕色的皮肤总是给人一种绿得发黑的感觉。他的前额低垂，抬头纹特别深。

我们从不知道他什么时候会来上班，有时候可能好几个星期都见不到他。越是最急需他那神奇的精通机械的直觉时，他就越可能不会来上班，不会出现在起重机台的旁边。他没有证书，甚至都没有接受过像我们其他人所理解的培训；但他却嘲笑绘图室里的人，嘲笑我们为计算出变量而采用的耗时又费力的方法，而跟他设置起重架和滑轮的方式相比，我们确实看起来很傻。我记得有一次，一个六十英尺长的大梁从一根铁链的缝隙中掉了下来，就像是挑棒游戏中一根木棒被压在一堆木棒底下——简直是一团糟，令人绝望。我自己已经获得过两三回证书，但是当我花了一天一夜，彻夜无眠之后，看到罗厄姆就像玩拼字游戏一样，只花了一两个小时就解决了问题，我真想踢自己几脚。有没有证书都无所谓，能做出这种事情的人肯定是有点脑子的。而且他还是那种可以"找到水"的人，只要经过一个地方，他就知道哪里能找到水，以及大概有多少水。我们其余的人虽然拿着证，但远达不到这个水平。

为了让他能够与我们一起工作，为公司效力，公司给他的薪水也很高，但他总是摇摇那黑白相间的脑袋表示拒绝。他也很公开地告诉过我们，即使他答应了这笔交易，他也无法遵守约定。我知道有些人是无法忍受那种早上随着定时敲钟响声上班、晚上听到哨子声下班的工作——这是任何一个大师都无法理解的事情。所以罗厄姆来去无常，有可能出现在利兹或者利物浦，也有可能在普利茅斯的防波堤上露面，还有一次我正想着他最近怎么样的时候，他却出现在格拉摩根郡一处偏僻的地方。

我是有天晚上才了解他的（我说的了解，不是那种点头之交），那天晚上我们走在沃克斯豪尔路上的时候，他一直黏着我，公司在这条路上建了一些小工厂之类的建筑。我们已经休息了一天，当我朝着桥那边走去的时候，他过来了。然后我们就一起走着，没走多久，我就知道他为什么会跟我一起走了，因为他想知道"什么是分子"。

我盯着他看了一会儿。

"你想知道这个干吗？"我问，"像你这样的人，做什么事情都轻而易举，还需要知道分子干吗？"

他说，他只是纯粹想知道而已。

因此，在过桥的时候，我告诉他书上的分子理论以及其他关于分子的知识。但是，从他提出的幼稚问题可以看出，显然他压根没掌握其中的窍门。他想知道"在分子理论的前提下,物质之间可以互穿吗?",还有"物质之间可以互穿吗?",以及很多类似这样荒谬的问题。我放弃了。

"罗厄姆,你自己就是个天才。"我最后说,"就算没有我们这些苦力所依赖的书本,你也知道这些事的。如果我能和你一样幸运,我想我应该会知足的。"

但是他看上去似乎并不满意,尽管他暂时已经没再考虑那个问题了。但是跟大多数同事相比,他跟我更熟一点。他十分胆怯地问我,是否能借一两本书给他?我借了他几本书,可能是因为在那些书里找不到他想要的答案,所以他很快就把书还给我了,连句谢谢也没说。

如今,大家就指望有个家伙能超自然通灵,能知道一百英尺深的地底下什么时候会有水;你也知道,大人物们一直都为找水这件事争论不休。但是,找水这件事倒不令我迷惑,让我更加迷惑的是罗厄姆对于一些更普通更容易理解的事情极度敏感——像普通的回声。他无法忍受回声。他宁愿绕路走一英里的路,也不愿意经过一个有回声的地方;如果偶然遇到一个有回声的地方,有时他会拼命地跑过去,但有时他又会慢悠悠地闲逛,专心致志地听那回声。第一次我还拿这事开玩笑,直到我发现这事真的让他很痛苦,那时我就直接装作没有注意到。每个人都会有抓狂的时候,就这点而言,我自己连一只小小的蜘蛛都不敢碰。

如果不是那件突然发生在罗厄姆身上不同寻常的事（顺便说一下，这样说可能有点奇怪，就像你马上就能看到的一样；但这句话就这样出现在我的脑海里，那就这样说吧）——如果不是那件突然发生在罗厄姆身上不同寻常的事，我想我也不会在第一次不久之后就注意到他对回声这个东西有一种怪癖。

那是在十一月一个极其阴沉的黄昏时分，我们彼时正位于伦敦东南部的某个地方，正好超过了他们乐意称之为建筑红线的地方——你知道的，到处都是枯枝败叶、脏乱不堪的田野和蔬菜农场，这种地方对于一个真正的农村而言，就像是贫民窟相对于城镇一样。那天晚上下的那场雨，对于此地的砖厂、污水处理厂、堆放着旧手推车的杂院和铁路轨枕来说，实在是太及时不过了。雨水打在罗厄姆一直随身携带的黑色手提包上，我吸了一口烟，在雨中要想装满烟草再点燃不是件易事。我们朝着刘易舍姆方向走去（我想应该是那个方向），一边走一边聊天，离那栋快要爆破的红砖房还有一段距离……但你肯定曾经见过这些房子。

你知道吗？他们在铺设新路时，在路两边还没有铺石板的情况下，他们居然先铺设狭窄的路牙石。我们就碰到过这种情况。（就在几分钟前，我们走到一个高大但空荡荡的铁道拱门下的时候，罗厄姆突然不说话了——当然，是听到了回声才会感到不安）。我们走在那条尚未修好的路上，每隔一段就有一个光秃秃的路灯柱，还有一堆随时可用的灰色碎石头。除了那条路牙石以外，就剩下泥浆和硬黏土了。在一两盏红灯照射下，可以看见路障在哪——他们正在铺设干线；路堤上还有一盏绿灯，刘易舍姆的路灯在雨中发出昏黄的光芒。罗厄姆走在前面，沿着狭窄的路牙石一路走着。

路灯柱不太容易看清楚，当我听到罗厄姆忽然停下来并猛地深吸了一口气，我以为他撞上了路灯柱。

"有没有受伤？"我问道。

他没有回答，继续往前走，但走了五十多米的时候又停下来了。他又在听什么声音，并待在原地等我过去。

"我说，"他的声音不太对劲，"你能在前面先走一两步吗？"

"怎么了？"我往前走的时候问道。他没有回答。

然而，我在他前面走了还不到一分钟，他就又提出要走在前面。他呼吸急促，上气不接下气。

"为什么，你哪里不舒服吗？"我停下脚步追问道。

"没什么事……你没耍什么花招，对吧？"

我看见他用手摸了摸额头。

"别乱想了，继续往前走吧。"我不耐烦地说道。此后我们都没有再说话，一直走到有路灯的人行道上。接着我不经意地瞟了他一眼。"嘿，"我一把抓住他的袖子没好气地说道，"你身体是不是不舒服？我们找个地方歇一歇，喝一杯吧。"

"好吧，"他说，又擦了擦额头，"我说……你听见了吗？"

"听见什么？"

"啊！你没有啊……当然了，你没感觉什么东西……"

"快点走吧，你在发抖。"

不一会儿，我们来到一家灯火通明的小酒馆或是旅馆，我发现罗厄姆抖得比我想象中还要厉害。那个穿着短袖的酒保也注意到了，他好奇地打量着我们。我让罗厄姆坐下来，给他点了白兰地。

"你到底怎么了？"我把酒递到他的嘴边问道。

但是我从他嘴里问不出个所以然，他只是用"没事,没事"来敷衍我，他的脑袋在肩膀上抽搐着，就像在跳舞一样。不一会儿，他逐渐清醒了一些。他不是那种你逼着他，他就能给出解释的人，所以我没再多问，没一会儿我们就又出发了。他一直陪我走到我住的地方，却不愿意进来，但又在门口徘徊，似乎又不愿意离去。我目送着他在雨中拐弯。

第二天晚上，我们还是一起回家，但走的是另一条路，比上次那条路长了半英里。他还是执拗地等着我，看上去又是想跟我谈论分子了。

然而，当到了他这个年纪的人开始提问——他应该快五十了，这比回答一个小孩子问天堂在哪里这样的问题还难——因为你不能像敷衍小孩一样去敷衍他。他在某个地方知道了"渗透"这个词，似乎对它的含义略知一二。他没有再问有关分子的问题，而开始问关于渗透性的问题。

"这就意味着……难道不是吗？"他询问道，"液体或通过气泡或者其他什么东西融入另一种液体？就比如浓液体和稀液体：你会发现浓液体中有稀液体，稀液体中有浓液体，对吗？"

"对。浓液体进入稀薄的液体叫作外渗透，反之则叫作内渗透。后者的速度更快，但具体的我也不太清楚。"

"这种原理也适用于固体吗？"他接着问道。

他心里在打什么算盘？我想了想还是回复道："我认为，通常所说的'粘附'就是这么一回事，只是换了个名字而已。"

"这本书的相当一部分内容好像都是在用十几个不同的名字来定义同一个东西。"他咕哝了一声，继续问他的问题。

但是我绞尽脑汁都想不出他究竟想知道些什么。

然而，他已经在同一个地方工作了六个星期了，现在随时都有可能再次消失。他真的消失了，他已经消失好几个星期了。我想大概得等到二月份才能再见到他或是听到他的消息。

无论如何，已经到了二月天，我在一个充满回声的地方找到了他——一条大都会车站的地铁里。当他上车的时候可能忘记了回声这件事，但坐地铁的人肯定不会让一个碰巧不喜欢回声的人在他所爱的车上晃来晃去。

当我看见罗厄姆的时候，他在我前面大约二十码的地方。我从那黑白相间的头发和黑色的手提包上认出了他。我沿着地铁一路跟在他后面。

这实在是太奇怪了。他一直走到靠近白瓷砖墙的地方才停下来，但是却没有转过身来。甚至当我停下脚步站在他身后的时候，他还是没有转身；他一手扶着墙，仿佛是想让自己站稳。但是，就在我碰到他肩膀的那一刻，他刚好就倒下了——正好就在那一瞬间倒下了，半跪在白瓷砖上。这时候他才转过身来，抬起头望向我，此时的他被吓得目瞪口呆。

此时，刚好有一列火车进站——周围差不多围着五十个人；在伦敦，只要有个人被吓得蜷缩在墙角，并惊恐地向后张望着一个同样感到害怕的人，就像罗厄姆此时望向我一样，肯定会吸引一群人围观。有人抓住了我的胳膊，很明显他们以为是我把罗厄姆给撞倒了。

他脸上的恐惧慢慢消散了，接着便跌跌撞撞地站了起来。我从那个钳住我胳膊的人手中挣脱开来，然后走向罗厄姆。

"这到底是怎么回事？"我厉声问道。

"没事,没事……"他结结巴巴地说道。

"天哪,伙计,你不应该这样捉弄人吧!"

"没有,没有……但看在上帝的分上,千万别再这么做了!……"

"我们不用在这解释。"我仍愤愤地对他说道。那一小群人也散开了——我敢保证,他们一定很失望,因为没看见有人打架。

"现在可以了。"我们走到外面拥挤的街道上,我说道,"你现在可以告诉我这一切究竟是怎么一回事了,还有你说的'看在上帝的分上,千万不要再这么做了'到底是什么意思。"

他的语气一半像是在道歉,但另一半却是在咆哮,仿佛是我做错了事一样。

"像那种毫无意义的事情!"他自言自语道,"但是,你一直都不知道……你的确是不知道的。我告诉你,你给我听好了,只要是我在附近,你根本就不会跑的!你是个好人,尽管如此,如果你真的想绕远路跑的话,也得把那个事情弄得大差不差的——但是如果你真的跑了的话,我也不会怪你的,你听懂了吗?像刚才那样,把手放在一个男人的肩上,正当……"

"当然我应该提前说一声的。"我同意他的说法,语气有点生硬。

"你当然应该提前说一声的啊!你可千万不要再这么做了,太可怕!"

我冒昧地问了一句:"罗厄姆,你确定你现在脑子是正常的吗?"

"啊,"他大声叫道,"伙计,你不会是觉得我在胡思乱想吧?没那么简单!我还以为上次咱俩一起走在那条新路上时,你就猜到了……那也太显而易见了吧……不,不,不!我总有一天会告诉你一些关于分子的事情的!"

我们默默地走了一段路。

他突然问道:"那你现在在干吗?"

"你是问我本人吗?哦,公司啊。一份铁路活,经过平纳镇。但我们很快要有个大合同,是在伦敦西区,公司可能需要你去。他们称之为'改造',但实际上就是大型的商店改建。"

"我会一起去的。"

"哦,至少还要等一两个月呢。"

"我不是那个意思。我是说咱俩现在就去平纳镇,今晚就去,或者你什么时候有空去。"

"噢!"我说。

我不知道自己是否特别想跟他一起去。跟他那样的人在一起,真是有点儿累。因为你永远不知道下一秒他会要求你做些什么。但是,由于他似乎没有想到这一点,我就没有多说什么。如果他真的愿意赶上最后一班火车,再走上个三英里的路,在一个寒酸的旅馆里合住一间双人房（这是我原本的计划）的话，那我也没什么可说的了。我们继续走了一会儿，在告诉他火车发车的时间之后我便离开了。

十二点刚过，他就到了尤斯顿车站。我们一起走下去的，当我们从另一头走出车站的时候，已经一点了，接下来我们便徒步穿过威尔德走到旅馆。让我有点吃惊的是（因为我已经做好心理准备，觉得他会有一些莫名其妙的举动），我们到达旅馆时，罗厄姆并没有躲躲闪闪地跟我换位置，也没有躲到金雀花丛底下，也没有任何诸如此类奇奇怪怪的举动。就连我们的谈话也很正常，都是关于工作的，没有关于分子或是渗透之类的内容。

这家小旅馆只是路边的一个啤酒馆——我都忘了它的名字了——它所提供的住宿条件就仅仅是一间双人床的房间。从我的床头往上望，可以看见天花板沿着屋檐的边缘被割乱了，墙纸也是由无数个字母 A 和 V 交织在一起形成的花束图案，已经完全褪色了。另一张床铺好了，就在房间的另一头。

我想我只是在准备睡觉的时候说了一句话，也就是在罗厄姆从他的黑色手提包中拿出一把牙刷和一件破旧的睡衣的时候。

"这就是你随身带着的东西吗？"我说。罗厄姆只是咕哝了一声，说："是的……因为我们永远也不知道下一刻会在哪……也没什么坏处，不是吗？"说完我们便倒在各自的床上。

可是，尽管已经很晚了，我却毫无睡意，所以我只好从包里拿出一本书，把蜡烛放在壁炉架上后，便看起书来。请注意，我并不是说看这本书能让我增长多少见识，因为大部分时间我都在看墙纸上的V字图案——并且想知道，睡在另一张床上的那个男人，到底出了什么事，才能在地铁里被人轻轻一碰就倒下了。而那个男人早就已经睡着了。

如今我也不知道接下来是否能让你明白，但我肯定的是他睡得很香，这不仅仅是从他说梦话看出来的。即使如此，我总觉得睡觉说梦话有点烦人；但是，当一个人在睡梦里回答了别人提出的问题，等到早上醒来却浑然不知的时候，这是一种非常奇妙的感觉。也许我不应该提出这个问题，但提就提了，提完之后我做了件仅次于这件事以外最好的事了，你一会儿就会明白……但还是让我来告诉你吧。

他已经睡了一个小时左右，我还在琢磨墙纸的事，突然之间，他说道："到底是谁拦着我不让我见他？"声音比他醒着的时候清晰且洪亮得多。

他的话让我大吃一惊，这已经是我今天晚上第二次感到惊讶了。我真的认为我在没完全意识到发生了什么之前便脱口而出了。

"不让你见谁？"我从床上坐了起来，问道。

"谁？你根本没注意听我说的话。就是我一直跟你说的，那个追着我的家伙。"他回答，而且说得非常清晰。

我可以看见他那黑白发色混在一起的脑袋枕在枕头上，眼睛也是闭着的。他的胳膊轻轻地动了一下，但却没有醒。接着我恍然大悟，好像快要搞清楚到底发生了什么。我半个身子从床上滑下来。他会回答另一个问题吗？我屏住呼吸，准备冒险一试。

"你知道他是谁吗？"

"他是谁？追我的人吗？……不要傻了。除了他还能是谁？"

很好，他这个问题也回答了。我的每根神经都在紧张着，我又试了一次。

"如果你被他抓住，会有什么后果呢？"

这一次，我真的不知道他说的话到底是不是在回答我的问题。他的原话是这样的：

"听到他快要追上你的时候……然后又继续往前冲！好吧，好吧……但是我猜这会让他没力气的……"

不知不觉我从床上下来，走到房间中央。

"你刚刚说他的名字是什么来着？"我低声问道。

但这次却什么也没问出来。他断断续续地嘀咕了一会儿，深深地叹了口气，接着便大声而有节奏地打起鼾来。

我又重新回到自己的床上，但我向你保证，在此之前，我拿脸盆接满水，把脸浸在水里，然后让烛台浮在水面上，让蜡烛继续燃烧着。

我想留着光亮……第二天早上蜡烛已经燃尽了。我还记得，罗厄姆说在床上看书是个愚蠢之举。

怎么说呢，觉得有人一直在追他，然后追上以后——又继续往前跑？一个人有这样的想法是不是有点儿魔怔了？当然，如果是在宽阔的人行道上，当然有足够的空间让这位奔跑着的绅士跑来跑去；但是在一条只有八九英尺宽的马路边，就像刘易舍姆镇那条新修的路上……但也有可能他还擅长于弹跳，而且可以从一个人身后越过他的头跳过去。你肯定想他一定会想办法跑过去的，对不对？……我依稀记得我当时在想那位"奔跑者"的名字是不是就叫"良心"，但"良心"又跟分子和渗透左右挂不上钩啊……

然而，有一件事是很明了的：我得把我所知道的事情都告诉罗厄姆：因为你无法用这种方式去掌握一个人的秘密。我毫不犹豫就告诉了他。实际上，在第二天早上我们离开小旅馆不久之后，我就告诉他了——告诉他他是如何在睡梦里回答这些问题的。

"那么，你怎么看？"他好像觉得我早就应该猜到的！猜到这样一件可怕的事情！

"你没有我想的那么聪明，要是猜不到的话，白读了那么多本书。"他咕哝着。

"可是……老天爷啊，伙计！"

"很古怪，对吧？但是你不知道最古怪的是……"

他沉思了一会儿，然后突然凑到我的耳边。

"我跟你说，"他小声说道，"每一次都愈加痛苦！刚开始的时候，他只是轻轻地溜过去，我只是心头一紧，就像你在椅子上打瞌睡猛地被惊醒，然后他就走了。但是现在这种感觉太难熬了，持续的时间也更长了，而且那种痛苦……你也注意到，那天晚上在那条路上，他抑制我的手段。那已经是很久以前的事了。但就在昨天晚上，正当我绷直身子准备跟他碰面的时候，你却刚好拍了拍我的肩膀……"他用手背擦了擦额头。

"我跟你说，"他继续说道，"每一次我都承受着极大的痛苦。我一想到他，就会惊声尖叫。而现在，这种情况发生得也越来越频繁了。内渗透已经转变为外渗透了，这样说对吗？让我再告诉你一件事——"

但我已经受够了。前一天晚上我可能还会问问题，但是此时——我已经知道的够多了，比我原先想要知道的还要多。

"拜托你，不要再说了。"我说，"你要么是疯了，要么比疯了更可怕。咱俩就聊到这儿吧。求求你，别跟我多说了。"

"什么，这就害怕了？我也不怪你。但是如果是你的话，你会怎么做？"

"我应该会去看医生，因为我自己只是个工程师。"我回答。

"看医生？我呸！"他边说边吐了口唾沫。

我希望你能理解罗厄姆的状况，关于这件事，你怎么看？你相信他说的话吗？你敢信吗？他曾差不多准确地说过，我们学过的大部分知识，都是在给本来一无所知的事物下定义；只有遵循经验法则的物理学才会认为：一本手册可以囊括有关万事万物的解释，但是你得谨记一件事：你可以称它为"力"，或者随便你怎么称呼它都可以。毋庸置疑的是，一些物体，像木头、铁和石头这种坚硬的物体会爆炸，会"嘭"的一声在空中炸开，就像罗厄姆说的他自己亲身经历过的事情那样无法解释。如果你能接受这种说法的话，那么不论是那个脚步轻盈的"老熟人"无声无息地滑过罗厄姆，还是每次都顽固地奋力穿越罗厄姆，这件事对你来说都不是什么大事了。那么你现在应该明白了，我为什么会说"一件怪事发生在罗厄姆身上了"。

我想多说的是：我见过。这件事情——这件超出常理的事情，我曾经亲眼看见它的发生。也就是说，我见识过它的威力。那是一个普通的下午，而且是在大白天，就发生在牛津街的中央地带。他的周围挤满了人，毫无疑问，我知道发生了什么。突然我看见他和以前一样，转过头好像在听什么声音。告诉你吧，看到他这样，我整个人都在打寒战，因为好像我也感觉到那个怪物正在接近我们，慢慢逼近……没过一会儿，他缩成一团仿佛在抵御一阵阴风。他跌跌撞撞，却一个劲地往前冲。他整个人就像一棵树在风中摇摆不定，接着他一把抓住我的胳膊，并尖叫一声。然后，几秒后，又或是几分钟之后，我也不知道到底是多长的时间，他终于像重新活过来了一样。

后来我瞥了他一眼，看到他的脸色……怎么说呢，我曾经见过一个皮肤黝黑的意大利人中暑晕倒了，罗厄姆黑黝黝的脸色就跟当时那个家伙的脸色一模一样，乌云密布还有点发白发绿。

"那么现在，你已经见识过了，你怎么认为？"过了一会儿，他气喘吁吁，并对着我咧嘴一笑。

但直到那个晚上，恐惧才完全渗透到我的内心。不久之后，罗厄姆又消失了。我却并没有感到难过。

我们公司在伦敦西区的那个大合同终于签下来了。而且还是一份定期合同，也就是说，如果我们没有按期顺利完成，就会有各种各样的处罚条款在等着我们；我向你保证，那时候我们都很忙。我自己都忙得晕头转向，哪还顾得上什么罗厄姆。

我们那时工作的地方，现在已经成了一家商店，或者更确切地说，是五十家连锁商店中的一家，那里应有尽有，你想买什么都可以；如果你曾经在那儿见到过我们……但也许你确实见到过我们，因为当公交车经过时，人们站在车顶从透过溅满泥浆的围栏，望见我们挖的大土堆。可以称得上是一道风景线了。一层又一层，一排又一排，数不清的梯子布满了整个钢结构。三四台奥的斯升降机像铁乌龟一样蹲在上面，一台格架式起重机从一个三角平台上升到一百二十英尺的高空。在这个巨大的采石场的一端，有一所被拆掉的房子，还看得出烟道、壁炉和一层厚厚的旧墙纸；十几盏巨大的紫色弧光灯会忽闪得你睁不开眼睛；下面亮着的是守夜人的篝火；头顶上方铆工们拿着他们的火篮；在一些看起来古怪的角落里，还有粗石油灯闪着微光；钢筋被铆工的锤子锤得叮当作响，吊车的链条也哐啷哐啷地响着……在我的眼中，毫无疑问，现在的工程师就是建筑师。那些自称建筑师的家伙们只不过是纸上谈兵，在我们的作品上说要用什么砖和陶土，再随意在楼顶加上一两个小尖塔——不过没关系，在那里汗流浃背地挥舞着铁锹和锤头、一直等到上白班的人来换班的是我们，而非他们。

　　我应该这样说，在我们挖的大坑上方五十英尺的地方，从一根骨架线的一端到另一端运行着一台集站台、发动机和木制驾驶室于一体的移动吊车。

　　碰巧他们挑了我们公司老板的一个朋友当工头一类的，那可真是个讨人厌的大蠢货，他一直不停地问问题，让我非常烦恼。这样一来，我完成自己工作的同时，还帮他干了一半的活，弄得我一肚子火。就在我说的那个晚上，他一直在傻乎乎地问问题，仿佛完成定期合同就像放暑假那样轻松；直到他把我逼到无话可说的时候，恰好罗厄姆出现了。我好像听到有人提到他的名字，但当时我却没有注意到。

嗯，就是那个晚上，我们的约翰尼·弗莱什已经是第二十次来找我，这次是想了解一些关于高空吊车的事情。一听他的话，我实在忍不住发脾气。

"吊车怎么了？"我大声吼道，"吊车在干活，不是吗？除了你，大家都在干活，不是吗？你为什么不去问问霍普金斯呢？难道他不在那儿吗？"

"我不知道。"他说。

"那么，"我厉声说道，"在这方面，我和你一样什么都不懂，但是我希望这是咱俩唯一相同的地方。"

可是他抓住了我的胳膊。

"你抬头看看！"他大叫起来，指着上方。我抬头往上看。

可能是霍普金斯或是某个人的危险操作超过了限速。吊车在三十码长的轨道上像电车一样飞驰着，沉重的升降滑车像笨重的风筝尾巴在三十英尺以下的地方摆动着。就在我注视着这一切的时候，发动机在离尽头不到一码的地方停了下来，吊车像活塞一样撞进那间破屋子，把墙上的灰泥和砖块都撞了下来，紧接着一切又调了个头，吊车又拼命地往回跑。

"到底是谁……"我说，"谁在那？"我大叫一声，接着快速地跑向一个梯子。

其他人肯定也注意到了，因为此时到处都是叫喊声。那时我已经半只脚踏上第二层台架了。吊车再一次飞驰而过，巨大的滑轮紧随其后扫了过去，接着我又听见了另一头的撞击声。无论是谁在操控吊车，他的技术都非常娴熟，因为当吊车调转方向的时候，它离尽头都不到一英尺的距离。

在第四个站台上，也就是在路的尽头，我找到了霍普金斯，他脸色惨白，好像在用手指头数数。

"出什么事了？"我喊道。

"是罗厄姆干的。"他回答，"我走出驾驶室还没一分钟，就听到有人转动控制杆的声音。罗厄姆说要追赶某个人，他马上要撞倒所有东西了——快看！……"

吊车又回来了。透过驾驶室可以看见罗厄姆斑驳的头发和胡子。当他驾驶着吊车绕了一个弧线时，他的额头青筋暴起，脸色苍白，直冒冷汗。

"就现在……说的就是你！站住，你这该死的家伙！"罗厄姆大声喊道。

"准备好，等他掉头的时候我们就跳到驾驶室里去！"我冲着霍普金斯喊道。

我也不知道我们是怎么爬上去的。我一只胳膊搭在吊塔上（当然，这个吊塔没动），听到霍普金斯在另一个踏板上的声音。罗厄姆拉下刹车并准备掉头；此时我们又听到了滑车的重击声；接着我们在朦胧的橘黄色灯光下迅速地往回跑。台架上此时已经挤满了目瞪口呆的人。

"准备好了吗？就是现在！"我对霍普金斯大声喊道，然后一起跳进了驾驶室。

霍普金斯用扳手打中了罗厄姆的手腕，然后他一把抓住操纵杆，猛踩刹车，一脚绊倒罗厄姆，他这一系列的动作仿佛是一气呵成。我倒在罗厄姆的身上，吊车在跑到线路中间的时候停了下来。我气喘吁吁地抱紧罗厄姆。

但是，要么是罗厄姆的力气比我大，要么就是他乘我不备之时，突然从我手中挣脱开来，双膝跪在地上，跌跌撞撞地往驾驶室后门挪去。就在他抬起一只胳膊肘摇摇晃晃地站起来的时候，我又抓住了他。

"别动，你这个傻瓜！"我咆哮着，"霍普金斯，快打他的头！"

罗厄姆大声尖叫起来："抓住他——用轮子碾碎他——你，给我跳下去——快给我跳下去，听见没有！哦，天啊！哈！"

他从吊车的门纵身一跃，差一点带着我也一起掉下去。

我跟你说过，这是一条骨架线、两条铁轨和一两个枕木。他真的跳到了右边的铁轨上。他沿着铁轨跑——沿着那条拉紧的绳索，在那深井的光线和观望的人群中跑着。霍普金斯已经拉起吊车的启动挡，脑子里仿佛有一个疯狂的念头，想要抓住罗厄姆；但是故事的结局只可能有一个。当我目瞪口呆地看着时，他已经跑出了好几码，接着我看见他转过头来……

这次他没遇到那位"老熟人"，他跳到另一条轨道上，似乎想要躲开它……

甚至在他跳起来的那一瞬间，他就错过了。在我看来，罗厄姆根本没想活下来。他就那样消失在我的视野里，四周一片寂静，接着，从很远的底下传来……

先采取行动的并不是那些站在较低处台架上的人。那些站在偏高处台架上的人往下走了一点，接着也停了下来。不一会儿，有两个人下来了，是转到很远的地方下来的。过了一会儿，他们拿着两瓶白兰地回来了。他们匆匆地商议了一下。两个人在那儿喝完白兰地——接着每人又喝了一瓶。然后他们醉倒了。

霍普金斯告诉我，我在吊车驾驶室里双膝跪地，自己一个人兴奋地叽里咕噜着。但当我问他我说了什么，他却迟疑了，接着说道："哦，先生，你不希望知道的。"从那以后我也没问过他了。

你怎么看？

本利安

I

如果你认识本利安的话，那一切就都不一样了。如果你能像我第一次见到他时那样瞥上一眼，一切将会不一样了，那个时候，他就站在我工作室门外小木梯的最后一层台阶上。我把它称作"工作室"，但实际上只是一个阁楼，可以俯瞰整个木材场，而且我也一直把它当作工作室来使用。而真正的工作室，那间大的，是在院子的另一头，那间属于本利安的工作室。

这地方鲜有人来。我常常纳闷：那个木材商是死了还是失忆了，自己的生意都忘得一干二净；因为那一撂撂为了风干而横七竖八地堆在一起的木材（你该知道那些家伙是怎么堆木头的）积满了煤灰，脏兮兮的，所以根本就没有人会去动一下那一排排立在墙边看起来就像栅栏一样的脚手架杆子。院子入口在临街的地方，围栏的门口贴满了广告；不远处的河面上，汽船在轰鸣；大风的时候，木地板也会吹得嗡嗡作响，像是跟汽船的鸣笛声做伴。

我想有些真正的正规艺术家肯定不会把我称作艺术家的。因为我只会画微型画，而且是用来买卖的，就是把照片上的内容复制成一幅画。并不是因为我技不如人，也不是因为我不守时（许多那些所谓大名鼎鼎的艺术家们根本就没有守时这个概念），而是因为这间阁楼很便宜，非常适合我目前的状态。但是，一个雕刻家肯定想要一个很大的空间，而且是在一楼；因为慢工出细活，每次拿起那些石头和大理石都要花费二十英镑；所以本利安才有自己的工作室。他的名字写在工作室的门牌上，在跟你们说起之前，我从来都没见到过他。

那天晚上，我正在完成有史以来最精美的作品之一：在象牙上画一个女孩的脑袋，我一点点地画着，就像……你绝对想不到这是手工完成的。天色已经不早了，但我知道，女孩的眼睛和她胸前的那一束花都应该是"普鲁士蓝"的；我希望能完工。

我戴着护目镜正在小桌子旁干活。当有人敲门的时候吓了我一跳——因为我根本没有听到楼梯上的脚步声，而且以往也没有什么人会来我这儿（信件也总是放在院子门口的盒子里）。

我一开门的时候，他就站在楼梯平台上；你知道的，我刚吓了一跳，直接放下手上的象牙就过来的。他是那种又高又瘦的家伙，站在像我们这样本来就很矮小的人旁边，显得我们更矮小了；我一开始还纳闷呢，怎么看不清他的眼睛在哪，后来仔细一瞧，他的鼻梁高挺，眼窝凹陷，所以一时没有看清楚。而他的脑袋就像个骷髅，我都能想象出他的牙齿在腮帮子里弯弯曲曲地排列着；他的颧骨很高，像凸起的山脉一样（可是，如果你不和我们一样是艺术家的话，那么你肯定理解不了我刚才所描述的）。他的身后露出雾蒙蒙的浅绿色的天空，他的眼睛在凹陷的大眼窝中转动，屋里的灯光正好照到一只眼睛上，此时那只眼睛如同一泓清泉一样清澈明亮。

突然，他声音低沉而颤抖地说道："我想让你明天早上给我拍照。"

我想他可能是哪一次看见我晒在窗框上面的画框了。

"进来说话吧。"我说，"但是恐怕……如果你想要的是微型画，我是签了约的——公司跟我签约的——恐怕你得先跟他们联系。不过，请先进来说话吧，我给你看看我的作品——你应该在白天来找我的……"

他进了屋。他穿着一件灰色睡袍，睡袍特别长，一直拖到他的脚后跟，这让他看上去就像《诺亚方舟》里面的人物。在灯光的照射下，他显得更加瘦骨嶙峋；他瞥了一眼我的小象牙并鄙视地冷哼了一下——我知道那就是鄙视。我觉得他实在太无礼了，就这样跑到我的地盘，而且——

他深邃的眼眸转向了我。

"我可不想要那种东西，我只要你帮我拍照就行。我明早十点到这儿来。"

所以，为了让他知道他不应如此无礼地对待我，我没好气地说："不好意思，我明早十点已经有约了。"

"你眼睛上戴的是什么？"他问——他的嗓音太过低沉了，听起来就像肺痨病人一样。

"把你眼睛上戴的那东西拿下来，看着我的眼睛。"他命令道。

哎呀，我当时非常气愤。

"如果你觉得你有权力命令我做这样的事情——"我开口说道。

"把那东西拿下来。"他再一次命令道。

我当然记得你们根本就不了解本利安。那时候我也不了解。如果有人大摇大摆地走到你的地盘，让你给他拍照，还对你发号施令，你会怎么办……但你等一下就会知道我会怎么办了。我拿下我的护目镜，只是为了让他也瞧瞧我的厉害。

我以前总是把一个长长的窥视镜靠在墙上，尽管我不怎么用模型，但偶尔去大自然中找些稀奇古怪的东西,带上窥视镜还是大有用途的;而且我也用过它来画自己的素描,应该有几百次了吧!我们一定是站在窥视镜前面,因为我忽然觉察到他那深邃的目光正越过我的肩膀,死死盯着窥视镜,视线一刻都没离开过那儿,嘴唇也一动不动。他嘟囔着:"给我一副手套,快给我一副手套。"

他居然要手套,这也太搞笑了;但是我还是从抽屉里拿了一副手套给他。他的手抖得差点没戴上去,脸上还闪着晶莹的汗珠,就像你在海里游过泳,身上的海水干了以后留下来的盐一样。接着我转过身去,想要知道他如此认真且投入地看着镜子,到底在看什么。但除了我和他,还有他手上戴着我的手套以外,我什么也没有看见。

他走到一边,然后慢慢地脱下手套。正当我想着可以教训一下他的时候,他突然转过身来。

"我这样看起来还好吧?"他问道。

"何出此言呢?你这个家伙,你哪里不舒服吗?"我大声说道。

"我想,"他继续说道,"你今晚不能给我拍照了吧——就是现在?"

本来可以用镁光灯拍的,但是镁粉用完了,一点儿都不剩。我就这样告诉他。他环顾着我的工作室,然后看到放在一个角落里的相机。

"我明白了!"他说。

他朝着相机的方向大步走过去。他拧开镜片,把它拿到灯光底下,仔细地端详着；一下对着空中，一下对准自己的衣袖和手，仿佛想要找到镜片上的瑕疵。后来他拧紧镜片，突然间好像感到很冷一样，把睡袍的衣领拉了起来。

"好吧，那就再等一个晚上吧。"他嘟囔着，"但是，"他突然转向我，又说道，"就算你明天是跟上帝他老人家约好了，明早十点也要给我拍照！"

"行吧。"我说，只好让步了（因为他看起来好像已经病入膏肓了），"到炉子旁暖和一下吧，喝点什么吗？抽根烟？"

"我烟酒都不沾。"他一边回答一边朝门口走去。

"那就坐下来跟我聊一聊吧。"我劝说道。因为我总是对客人彬彬有礼，而且这种地方，这个院子本来就很僻静，少有人来。

他摇了摇头。

"别忘了，明天十点之前要准备好。"他说完便走下楼梯，穿过院子，回到自己的工作室，甚至连一声"晚安"都没说。

没错，第二天早上十点的时候，他准时出现在我的门口，我也帮他拍了照。我一共拍了三张底片，但那些胶卷好像放的时间有点长了，导致它们在显像的时候要么就是很模糊要么就是直接看不见。

"实在是很抱歉。"我对他说，"可是，我下午要出去，我会买点新的胶卷，我们可以明天早上再拍一次。"

他把底片一张接一张地拿到灯光底下，仔细地检查着。不一会儿，他放下手中的底片，一言不发；接着又有条不紊地把底片靠在显影池的边缘上。

"没事，不要放在心上。谢谢你。"他说完这句话就走了。

从那以后，我有好几个星期都没见过他；但是在晚上，我还是能看见灯光从他屋顶的窗户透出来，穿过缭绕的河雾闪闪发亮；有时候我也能听到他四处走动的声音，还有他用锤子捶打大理石而发出的低沉的声音。

II

我当然又见过他，不然我也不会告诉你们这些了。就像上次一样，差不多是晚上的同一时间，他出现在我门口。他这次却不是来拍照的，尽管如此，他想知道的也是一些关于照相机的事情。他还带了两本书来，书都很厚而且都是德文的。他说一本书是关于光学的，另一本则是关于物理学（也有可能是心理学——我就经常把这两个词弄混）。书上全是图表、方程和数字，当然，这都远超出我的理解范围。

他谈了好多关于"超时空"的话题，不管他说了什么，一开始我都装作什么都懂似的点点头。但很快他发现我是不懂装懂，便再没用一些深奥的词，而是用一些我能听懂的词问我。他问我的都是类似于"根据以往自身的经验,我知不知道有关'摄影穿越'的事情?"这样的问题。比如说,一个名字明明事先是描在一块板上的,结果却出现在一个盘子上。

哎呀,我恰巧碰到过这样的事,有一次,我给一个客户拍过一幅画,我本来是把画放在画架上的,但照片上却能透过画看见画架。看着本利安点点头,我知道我说的就是他所指的那种事。

"继续说。"他说。

我还告诉他,我曾经看见过一张照片,照片上的男人戴着一顶圆顶礼帽,透过帽子可以看见他头顶的形状。

"没错,没错。"他一边说一边像是在想些什么,然后他接着问道,"你有没有听说过有些东西根本拍不了照?"

但对此我却无话可说。他就继续说一些关于光学和物理学的事情。接着,我只要一有机会插句话,就会说:"但是也情有可原,毕竟相机不是艺术。"(你懂的,我的那些微型画才是艺术,那些精美的小玩意儿才是艺术。)

"不对——不对。"他心不在焉地嘟囔着,接着又突然说道,"呃?你刚才说什么来着?你到底知道些什么?"

"怎么说呢,"我一本正经地说道,"考虑到我这十年来一直都——"

"咄!闭嘴!"他说着便转过身去。

过了一会儿,他又跟我说话了,就好像是我在求他虐我一样。但没办法,来者皆是客,只能忍一忍;不久之后,我冷冷地、随意地问了他一下,他的工作进展如何,就当是敷衍。他却又转向了我。

"你想看一看吗?"他问我。

啊哈!他的工作也遇到了瓶颈!这真是太好了!我心想,朋友,谁让你之前对我的微型画嗤之以鼻,现在好了吧,每个人都会时不时对工作厌倦的,而且即使我只是个小小的微型画师,我也有艺术的眼光,好不好……

"如果我真的能帮到你,我也会很高兴的。"我回答道,虽然心里还是有点不高兴,但并无恶意。

"那就来吧。"他说。

我们下了楼梯,穿过木料场,接着他便打开门让我进去。

他的工作室非常大,但到处都是雾蒙蒙的感觉。从尽头的那个小楼梯上去,那条长廊就是他的卧室。房子中间一个高高的脚手架结构,带有一两层可站立的平台;在黑暗中,我隐约可以看见那如幽灵般的大理石雕像。它应该是从一个很重的底座上被顶得那么高的。因为我觉得似乎要三四个人一起才能把它安置好,但自从我来到这以后,几乎没有看见有什么陌生人来过这院子里,所以我觉得那座雕像应该放在那儿很久了,因为雕塑本身就是一项急不得还异常磨人的工作。

本利安手里正拿着一根顶端插着细蜡烛的长棍摸索着，突然头顶的煤气灯亮了。我立马走到雕像前——你知道的，我想批评一番。

嗯，在我看来，他根本没必要对我的象牙作品嗤之以鼻，因为他的雕像也不过如此——不就是个又大又笨重还特别奇怪的作品。我记得我当时还在想，那伸开的手臂绝对是畸形的——虽然有巨人那么大，但比例严重失调，简直就是荒唐至极。正当我上下打量这座雕像时，我知道他那深邃的目光一直在盯着我的脸。

"他是神。"过了一会儿他才说道。

接着我跟他说那只胳膊太可怕了，但他立马就打断了我的话。

"我说他是神他就是神。"他打断我的话，并恶狠狠地瞪着我，像是要把我活吞了一样，"即使像你这样幼稚的人，也曾见过人类在此之前为了他们自己所造的神吧。他们所创造的只能称得上是'半神'，或善或恶（之后他们称之为魔鬼）。而这是我所创造的神——善与恶之神。"

"呃——我懂了。"我嘴上这么说但是心里却很是吃惊（但是我敢肯定他脑子不太正常）。接着我又看了看那只胳膊，就连一个小孩都能看出来这有多奇怪……

但让我大吃一惊的是，他突然抓住我的肩膀，一把把我推开了。

"够了。"他敷衍地说道，"我叫你来看，不是让你来教我的。我是想看看你看到它会有什么反应。我还会一次又一次地接着找你的——"

接着他叽里咕噜地说了起来，有一半都是在自言自语。

"呸！"他咕哝着，"'就这些？'他们在一个了不起的事物面前就这样问。即使给他们看海洋、天空以及一切无穷无尽的事物，他们还是会问'就这些？'我想他们要是亲眼看见了上帝，还是会问这个愚蠢的问题！而导致这样的后果只有一个原因，明明善与恶是相生的，但是愚蠢的人类只会看到其中一个，并自认为高人一等就开始妄加评论！我告诉你，一切都是转瞬即逝的。一开始，神灵会慢慢靠近你，但没过多久，他们便会掐住你命运的喉咙，到了最后没有人能逃出他们的手掌心。慢慢地，你要告诉我更多关于雕像的评价。你说什么？"他转向我质问到，"那只胳膊？啊，行吧；但六个月之后，我倒要瞧瞧你到时候又会说什么！你说得没错，那只胳膊……现在你该走了！"他给我下了逐客令，"当我需要你的评价时，我会去找你的！"

他直接把我推了出去。

本利安先生，你该去的地方应该是疯人院！我穿过院子的时候心里想着。我说吧，我那时候并不了解他，而且本来也不能用看正常人的眼光去看待他。你只要等着看好戏就行了。

当下我就发誓以后再也不会跟这种人有任何瓜葛了。我发现自己对这件事下了决心，就像我下定决心要戒烟戒酒一样——（我也不知道为什么会这样）——而且还有一种似曾相识的感觉，我好像在舍弃一些东西。但是，我却把这些都抛在脑后。仅在一个月之内，他就来找我好几次，有一两次他还带我去看他的雕像。

在这两个月里，我对他产生了非比寻常的感情。有时候我对他很熟悉，但有时候我却对他一无所知。因为我就是个傻瓜（哦，没错，我很清楚我现在是什么了），如果我告诉你他是个什么样的人，你肯定会觉得我在说傻话。我并不仅仅指他的学识（虽然我知道他博学多才——对科学、语言等等都略有研究），因为他可不只有学识而已，他厉害的地方多了去了。不知怎么的，当我跟他待在一起的时候，我就坐立不安；而他不在我身边的时候，我却很（只有一个词才能形容我的感受）嫉妒！直到现在我都还没搞明白……

而且他知道他弄得我烦躁不安。接下来让我告诉你我是怎么知道这一点的。

就在一天晚上，当他坐在我的房间里时，他问我："你喜欢我吗？小胖墩？"（我忘了告诉你们，我告诉他以前我在家的时候他们就叫我小胖墩，因为那时候我又矮又胖；说来也很奇怪，我跟他说的好多事，我一般都不会告诉任何人的。）

"你喜欢我吗？小胖墩？"他又问道。

至于我的回答，我都不知道我是怎么说出口的。我听到我自己说的话，其实比他还要惊讶，因为并没有打算这么说。真的就好像有人在借我的嘴巴说话。

"我对你又恨又爱!"我脱口而出,然后我有些尴尬,只好到处乱看,但听到自己这样说我真的快吓死了。

但他并没有看我,只是点了点头。

"就是这样。这也是善与恶相生——"他喃喃自语道。然后他突然站起身来,走了出去。

从那以后,我都没睡好过,心想我怎么会说出那样的话。

好吧(继续往下说),从那以后,就连工作的时候,那些莫名其妙的感觉都会涌上心头。在没有任何预兆的情况下,我忽然想到,此时他可能也在院子那头正想着我呢。我之前已经知道了(你们听到这些后,可能会觉得愚蠢至极),他就在不远的那头,想着我,而且在对着我做些什么。有一天晚上,我很确定不是在做梦,我扔下手头的工作一股脑地跑了出去,我也不确定接下来发生了什么,直到我发现自己在他的工作室,就好像我梦游到那里一样。

而且他好像在等我,因为雕像前面他自己椅子的旁边还放了一把椅子。

"有什么事吗?"我脱口而出。

"啊!"他说……"嗯,还是那只胳膊的事,小胖墩;我想让你说说这只胳膊怎么样,它现在看上去还和之前一样奇怪吗?"

"不奇怪了。"我说。

"我也觉得不奇怪。"他说,"可是我还没碰过它呢,小胖墩——"

所以那天晚上我就留在那儿了。

但是你千万不要乱想,觉得他会对我做那种事——不管是什么事。另一方面,我时常会有一种解脱的感觉,而且是最奇怪的那种解脱(我不知道该怎么说)……就像在闷热而又潮湿、充满泥腥味的日子里,一切都显得那么忧郁,但忽然间清风拂面,你又能自由自在地呼吸了。而那一切(你看,我试图将事情按时间顺序来表达,这样你就可以明白了)让我突然发现他也会这么做,而且我知道他什么时候做的。

一天晚上,我去他的工作室看雕像。出乎意料的是,这次我发现了许多关于这座雕像的事情。整个雕像的比例依旧是失调的(也就是说,我记得一定是这样的——因为我记得我曾经就是这么想的——但是现在看上去却没有以前那么讨厌了。我想此时我那艺术家的眼光已经荡然无存了)。不知怎么的,就连我自己的微型画作品也变得有点儿幼稚;我的耐心也被它们给耗尽了。曾经明明觉得美好的事物,如今却对此不满意,这样的想法是非常可怕的。

在我看雕像的时候,本利安一直像饿狼一样盯着我;突然之间,那种如释重负、悠然自得的感觉涌上心头。一开始我在想着公司寄给我的那些重要的信件,想着什么时候能完成手头的工作。我心想也是时候该完工了,又想着得马上抓紧开工了;我突然坐起身来,就像刚从睡梦中惊醒一样。我又望了望那雕像,它还是老样子,就像我第一次见到的时候一样——比例失调,完全是畸形的。

紧接着,就当我想要站起来的时候,我又一屁股坐到椅子上了,就像有人把我拉回来一样。

没有人会愿意被别人强迫着改变自己的想法。因此,我看都没看他一眼,有些烦躁地低声说道:"本利安,不要这样!"

接着我便听到他站起身来,撞翻了椅子。他就站在我的身后。

"小胖墩,"他有些激动地说道,"我对你一点用没有,快走吧。滚出去——"

"不要这么说,我不会走的,本利安!"我乞求道。

"我让你滚出去,没有听见吗?不要再回来了!搬到别的地方去——离开伦敦——也不要告诉我你要去哪——"

"天啊,我做错什么了?"我伤心地问道。

"也许这样对我也好。"他嘟囔着,接着又说道,"算了,快走吧!"

于是我只好回到家,完成了公司交给我的那个象牙画;但是你永远想象不到我当时是多么无依无靠,悲痛欲绝。

在那段日子里,我曾经认识一个小姑娘——一个善良而热心的小姑娘。你知道她有多友好吗?她常常跑到我住的地方来帮我缝补东西。

我已经很久没有见到她了，但有一天晚上，她又找到了我——就像往常一样，她直接来到院子里，走进我的房间，拿起我的亚麻包，开始在包里翻找，看看有什么需要缝补的。我承认我曾经对她是有点好感，但像这样不问三七二十一，跑进来拿起我的东西就缝，这样让我面子上也太过不去了吧。

就这样，她缝她的，我干我的，很高兴彼此做个伴；她一边缝补一边跟我聊天，她说话愉快而温柔，丝毫没有责备我的意思。

本来一切好好的，但突然间我又想起了本利安。并不是单纯地想他，不知为何，我很担心他。我忽然想到，没准他生病了或是怎么的。而一开始因为黛西来看我，我还很开心，现在那种开心的感觉也没了。我发现自己把工作搞得一团糟，心思根本不在工作上，我瞥了一眼放在前面桌上的手表。

最后我再也受不了了。我站起身来，说："黛西，我现在得出去一趟。"

她看起来很惊讶。

"哦，你怎么不告诉我呢？我还一直耽误你的时间！"说完她立马就站了起来。

我喃喃地说："我非常抱歉……"

我把她打发走了。她一离开我就关上了院子的门，然后我径直穿过院子去找本利安。

他就一动不动地躺在沙发上。

"我应该早点来的，本利安，"我说，"但一直有人陪我。"

"嗯。"他直直地盯着我，我的脸都红了。

"她真是个好人。"我结结巴巴地说，"但你从不为女孩的事烦恼，你也不喝酒不抽烟——"

"是的。"他说。

"那么，"我接着说道，"你应该放松放松，你都快累垮了。"的确如此，他看起来病得很重。

但是他却摇了摇头。

"一个人的精力是有限的，小胖墩。"他说，"如果我在某一方面耗费了太多的精力，那么另一方面肯定就不够了。而我的精力全都用在——那儿了。"他看了看雕像。

"我现在几乎都不怎么睡觉了。"他接着补充道。

"既然这样，你就应该去看医生啊。"我有点惊慌地说道。我很肯定他生病了。

"不，小胖墩，你还是没明白我的意思。我所有的精力都注入雕像里了——仅剩的一点也无能为力了，你懂吗？小胖墩，你有没有听说艺术家们曾说过'把自己的灵魂投入到作品中'？"

"本利安，你不要哪壶不开提哪壶，你又在说我的那些个烂画吧。"

我没好气地说。

"那你肯定是听过这些话了,小胖墩,但是所有专业的艺术家都是骗子。他们投入到作品中的灵魂分文不值……小胖墩,你知道吗?力量和物质其实是一回事——如今人们都认为物质只不过是'力量的一点'。"

"你说得没错。"我发现自己正热切地回应着他,仿佛在此之前我已经听了几十遍了。

"既然他们可以把灵魂都投入进去,那么如果把自己的肉体也注入进去想必也一样容易吧?"

我已经离他很近了,又一次——这不是幻觉——我感觉不是我自己而是有人在借我的嘴说话。我的脑子里似乎突然灵光一现。

"不是吧?本利安?"我气喘吁吁地问道。

他频频点头,有三四次,接着小声说着。我真搞不懂为什么我们俩都这么小声地说话。

"真的吗,本利安?"我又小声地问道。

"要让我带你看看吗?你知道的,我已经尽最大努力忍住不去……"他继续小声说道。

"好啊,带我看看吧!"我压低声音回答道。

"那就别出声!我把它们放在那儿……"

他把手指放在唇上，好像我俩在密谋什么一样；然后他蹑手蹑脚地穿过工作室，走上楼梯，来到位于走廊的卧室。

不一会儿，他又蹑手蹑脚地下来了，手里还拿着几张卷起来的纸。那几张都是照片，我们俩一起俯身坐在小桌子旁。他激动得手都抖了。

"你还记得这个吗？"他一边小声问我，一边给我看一张尚未加工的底片。

我们见面的第一个晚上他要求我给他拍照片，而这张就是那些模糊的底片之中的一张。

"小胖墩，如果你害怕的话，就离我近一点。"他说，"小胖墩，你说胶片很旧了；但并不是这样的，胶片是没问题的；是因为拍的是我，照片才会模糊的。"

"当然是的。"我说。一切似乎是那么合情合理。

"你看看这张。"他拿着一张编号为"1"的照片对我说，"在拍照之前，它是一张普通的照片。你懂的！现在再看看这张，还有这张——"

他把那些照片按顺序摊放在我面前。

"'2'号照片有点模糊，像是新手拍的；而'3'号照片又像是被面纱遮住了脸，朦朦胧胧的；'4'号照片就更模糊了，几乎什么都看不清；而'5'号照片是一个人举起自己的双手，而且手上还戴着手套，就像有人用枪顶着他的头，不得不举起双手一样。这张照片完全看不清脸。"

我一点儿都不觉得可怕，因为那时我还在不停地嘀咕着："你说得没错，你说得没错。"

接着本利安搓了搓手，对我笑了笑，并说道："我进步很大，不是吗？"

"太大了！"我喃喃道。

"比你知道的还要好呢。"他低声轻笑着，"因为你还没有完全进入那种状态。但你会进入那种状态的，小胖墩，你会的——"

"那就好，那太好了！要很长时间吗？本利安？"

"不需要。"他回答道，"如果我能不吃不喝，也不睡觉，除了雕塑以外什么都不去想的话，那就不需要多长时间——还有，小胖墩，如果你能不让那些姑娘们在院子里闲逛骚扰到我就更好了。"

"我真的非常抱歉。"我懊悔地说道。

"没事了，没事了。嘘！小胖墩，你知道吗？这间工作室是我自己的，我买下来的。我买下来就是为了完成我的雕塑——我的神。我正全身心地穿越其中，当我就要穿越的时候——真的穿越的时候，小胖墩——你有这儿的钥匙，想什么时候来就什么时候来。"

"哦，那太谢谢你了。"我满怀感激地低声说道。

他用胳膊肘推了我一下。

"小胖墩，那些人又会怎么想呢？就是那些出入于学院里和展会上的,还自称'把灵魂注入作品'的艺术家们,他们会怎么想呢?小胖墩,那些喜欢在背后嚼舌根的家伙又会怎么想呢?"

"他们就是大傻子!"我笑出声来。

"我会有一个忠实的崇拜者,是不是啊,小胖墩?"

"那当然了!"我回答,"这也太精彩了吧……哦,可是需要我回去吗?"

"是的,你现在就得走;但我很快就会再去找你的……小胖墩,你知道的,我尝试着不要你而一个人过;但好不容易撑了整整十三天,简直快要了我的命!过去的事就让它过去,我也不会再那么干了。但现在,快走吧,我的小胖墩——"

我故意冲着他眨了眨眼睛,然后就兴奋得一路蹦蹦跳跳地穿过了院子。

III

如果一个人对他的工作一点儿都不投入进去,那真是太愚蠢了,对,就是这样的。

唉,为什么会这样呢?即使是那些愿意付钱买我那可怜的小象牙的笨蛋们,都知道我的手法;有一回,我把我的小象牙偷偷地放进一个手头拮据的家伙的象牙中,他们马上就找了出来。本利安曾说过,一个人在他接触的所有事物上都可以施展自己的力量——扩散某种影响（据我所能理解的）；而错误则在于，人活一世总是在浪费自己的生命而没有去掌控人生。如果说本利安不懂这些事，那我也想知道这世间还有谁比他更懂，只有像本利安这种意志力坚定、脑子又聪明的人，才能让自己"穿越"进一座雕像或是别的什么事物里；而他居然真的在尝试——不吃不喝，不说话也不睡觉，就是为了能成功"穿越"。

"鱼和熊掌不可兼得。"我记得他曾对我说过："一个人的力量很大，但也不是无限的，他要么可以用此力量来塑造自己，要么去干别的事情。如果他这两件事都要做的话，那么到最后两者都会做得不完美。我只想做一件事，一件完美的事。"天啊，他可真奇怪啊！请想象一下：一个人用尽自己的全部塑造了一座那样的雕像，然后希望有人来崇拜他！

我从没意识到我是多么崇拜他，直到他再一次像以前那样，他似乎——你懂的——他好像又要强迫自己远离我，留下我孤单一人，可怜兮兮！同时我也很生气，因为他明明答应过我不会再这样做了……（我记得有一天晚上他说过这话，但是具体的日子我也不记得了。）

我跑到平台上对着底下的院子大声喊道："本利安！本利安！"

他工作室的灯还亮着，随即我听见一阵低沉的喊声："不要过来——不要过来——不要过来！"

他在挣扎——我知道当我站在平台的时候他正在挣扎——挣扎着

让我走。我也只能跑开，扑到床上啜泣着，而他却想放手给我自由，但我却不想放开他的手……他就一个人在那儿，艰难地挣扎着……

之后他告诉我，他得时不时吃点东西，睡一会儿；这样的话他既虚弱了又强壮了——增强的是他的体力，但削弱的是他"穿越"的力量，你懂的。

但第二天一切又恢复了正常。我又回到了本利安的身边。当我想起他痛苦挣扎的样子，我在想，一个将死之人为了活下来而拼命挣扎，会不会像本利安那样不惜舍弃自己的生命让自己"穿越"？

打那以后，他又吸引我——呼唤我——不管你会用什么词吧——我像子弹一样，"咻"的一下就冲进他的工作室。他瘫在一张大椅子上，瘦得像一具木乃伊一样，他的所有生命力似乎都在他那深陷的眼窝中燃烧。一看到他，我就搓起手指头，咯咯地笑了起来。

"你快要成功了，本利安！"我说。

"是吗？"他气息奄奄地回答道。

"你的意思是让我把相机和镁粉带来，对吗？"当我感觉到本利安的召唤时，我就一把抓住它们，随身带来了。

"没错，开始吧。"

于是我就把相机放在他的面前，一切准备就绪后，我用钳子夹起了镁带。

"准备好了吗?"我说道,然后点燃了镁带。

在炫目的强光下,整个工作室好像在摇晃。镁带点燃后噼啪作响。"咔嚓"一声,我按下快门,接着烟雾飘散开来,就像云雾一样一直飘到屋顶上。

"你很快就得推着我走了,小胖墩,用气袋抽我,像他们对待抽鸦片的家伙一样。"他睡意蒙眬地说。

"那现在让我拿走一尊雕像吧。"我急切地说。

但是他却举起自己的手。

"不行,不行。这样做简直就像在考验我们的神。神灵以信仰为食,小胖墩。还是等到一切都结束的时候,让灵魂研究会的人来拍照吧。"他说,"现在,把刚拍的照片洗出来。"

我冲洗了底片,现在看来照片上什么都没有。

但本利安似乎并不满意。

"有些地方不对劲。"他说,"到此为止还不够完美——我能从内心感到有瑕疵。小胖墩,可能仅仅是因为你的相机还不够好,捕捉不到我。"

"我明天早上再带一个来。"我大声说道。

"不用了。"他说,"我有一个比这更好的办法。明天早上十点的时候叫辆出租车过来,我们去别的地方。"

到第二天早上十点半的时候,我们坐车来到了一家大医院,走了好多层楼梯后,最后沿着走廊走到一间地下室里。房间中央摆放着一张担架床,还有各种各样奇怪的设备,有磨砂玻璃框、形状极其特殊的玻璃管、一台发电机,还有许多其他的东西。屋子里还有几位医生,他们正在和本利安说话。

过了一会儿,本利安说:"先从我的手开始吧。"

他走到那担架床前,把手放在一个磨砂玻璃框底下。其中一位医生在角落里敲捣些什么。忽然,一声刺耳的爆裂声响彻房间,接着就看见一束诡异的荧光灯穿过本利安的手所放的磨砂玻璃框,聚焦在他的手上。两位医生面面相觑,又往后退了退。其中一位医生吓得脸色惨白,还大叫了一声。

"把我放到担架床上去。"本利安说。

我和另一位反应正常的医生一起把本利安抬到那个帆布担架上。那闪着绿光的磨砂玻璃框在他身上从头到脚扫了一遍。随即那位医生跑到电话旁,赶忙给同事打了个电话……

我们一整个上午都待在那儿,其间还有几十位医生进进出出。然后我们便离开了那家医院。在回家的路上,本利安在计程车里一直一个人傻笑着。

"小胖墩,那些医生被吓坏了!"他咯咯地笑着,"碰到一个拍不了 X 光的病人把他们给吓坏了!这件事一定得写进日记里——"

"这也太好笑了!"我也跟着笑了起来。

本利安一直在写日记或者在做记录。他后来把它交给了我,但是却被他们给借走了。日记本有账本那么大,在我眼中,它是极其珍贵的;他们不应该借走这么珍贵的东西而不还给我。那日记本上记录着我和本利安的笑声!那本日记里写的事愚弄了他们所有的人——那些聪明的X光医生,院校里的艺术家们,所有的人!日记的扉页上写着"送给我亲爱的小胖墩"。当我拿回日记本的时候,我会让它出版的。

本利安如今已经虚弱得只剩下一口气了。让自己处于濒死的状态实在是太折磨了。而且他得时不时地喝点牛奶,不然的话他没等到成功就死了。我不再关心小象牙画了,当收到老板寄来的充满怒气的信件时,我们想都没想就直接扔进火里了,本利安和我都大笑起来——其实,只有我在笑,本利安只是微微一笑,因为他太虚弱了,都没力气笑了。他有许多钱,所以这样做也没多大关系。我就睡在他的工作室里,在那儿等着他的"穿越"。

我心想,应该要不了多久了。我一直都盯着那座雕像。像那样的事(怕你不知道)就得慢慢来,我猜想本利安应该正忙着填满里面,还来不及填到外面来——因为那座雕像看起来还和之前一模一样,没有任何改变。但是,除了那几小口的牛奶和偶尔的睡眠,本利安已取得了惊人的进步,雕像的身体想必已经很充实了。一想到这,我就异常激动，那个时刻就要到了……

但紧接着就有人来捣乱，差点毁了这一切。奇怪的是，我居然忘了到底是出了什么事。我只记得有一场葬礼，葬礼上有些人在哭，而且还看着我，还有个人说我冷酷无情，但另一个人却说："不是，你们看看他那样子。"而情况却恰恰相反。我现在好像能记起来了，那不是在伦敦，因为我记得当时我在火车上，但我在葬礼结束之后就躲开他们，之后我又回到了尤斯顿。他们居然跟着我，但我甩开了他们。回去之后，我把自己的工作室锁了起来，又像老鼠一样悄悄地躺在本利安的工作室里，此时他们来敲门……

现在就到了你们所说的大结局了——虽然把那种事称作"大结局"未免有些太愚蠢了。

一天晚上，我偷偷溜回自己的工作室——我也忘了为什么要回去。我是悄悄走的，因为我知道他们在跟踪我，那些人只要有机会就会抓住我的。那是一个大雾笼罩的夜晚，光线从本利安工作室的屋顶窗户照进屋内，窗口的阴影就像暗光消失在浓雾中。许多汽船和驳船沿河而下，传来一阵阵汽笛声……哦，我终于想起来去工作室是干吗的了！我是来拿那些底片的。本利安想是因为日记才保留底片的，这样的话就可以证明那些日记不是伪造的。因为那天他说过，晚上就会进行最后的冲刺，把事情给了了。虽然那件事确实花了很长时间，但是我敢打赌，在"穿越"这件事上，没人能做得很快。

我回来的时候，他还坐在那椅子上，已经几个星期都没挪过地方了，日记本就放在他旁边的桌子上。我把雕像上的脚手架都拆了下来，本利安已准备好开始了。他不得不浪费最后一丝力气向我解释，而我也尽可能地离他近一些，这样一来他就不会耗费太多力气了。

"小胖墩，现在，"我只听见他说，"你一直表现得都很好，你会一直保持到结束的时候，对吗？"

我点点头。

"而且你可千万不要指望那座雕像会下来四处走动，或者诸如此类的事情，想都不要想。"他继续说道，"这些都不是真正的奇妙之处。毫无疑问，人们会告诉你雕像根本就没有任何变化，但是你心里比谁都明白！最奇妙的是我会在那儿，根本不需要其他人来证明这一点，难道不是吗？还有就是，我也不清楚具体会发生什么，因为我之前也没做过这样的事情……你手上有给灵魂研究会的信吧？如果他们想拍下来的话就让他们去拍……顺便问一下你，你不会还觉得这座雕像跟你第一次看见的时候一模一样吧？"

"哦，它看起来美极了！"我低声说道，"即使这座雕像看上去跟其他的神一样，它并没有带着特别的标记和奇迹，尽管如此，它是本利安，不是吗？天啊，本利安，求求你快一点吧！我都等不及了！"

接着，那便是最后一次，他用那双几乎都凹进去的眼睛盯着我，并说道："小胖墩，我向你保证！"

然后他的眼睛就一直紧紧地盯着那座雕像。

我就这样等了十五分钟，紧张得都喘不过气来。本利安的呼吸也断断续续的，之间的间隔能有好几秒。他放了一个小时钟在桌上。二十分钟过去了，不一会儿，半个小时就过去了。说实话，我有点儿失望，因为那座雕像根本没有动的痕迹；但是本利安自己再清楚不过了，因为他自己正悄悄地将自己的灵魂和肉体注满整个雕像。这时，我忽然想到电缆广告上画的那些"Z"字形的耳机，我就很庆幸雕像不会动。一直以来，那座雕像看起来都有点儿低劣的感觉，在某种意义上讲，还有点儿庸俗……本利安的呼吸变得更加急促了，看起来似乎非常痛苦，但是他的眼睛却一动不动。外面不知道哪里有只狗在嚎叫，我希望拖船的汽笛声不要干扰到本利安……

将近一个小时都过去了，突然间，我把椅子推到一边，整个人吓得往后缩，我非常害怕，紧张得咬着手指头。本来坐在椅子上一动不动的本利安突然也动了一下，他往前挪了挪，看起来好像有人正勒住他的脖子。他的嘴巴张得大大的，并发出一连串"啊啊啊"的惨叫声，听起来十分刺耳。我真没想到一个人在临死之前会这么痛苦……

我接着尖叫起来——因为他似乎又被什么东西推回到椅子上，似乎他改变了主意,不想"穿越"了。你可以随便找个人问问那是什么感觉:一个人"穿越"了一半,另一人把你拖回来,而你自己却无能为力。他那"啊啊啊"的惨叫声异常响亮且恐怖,我只好闭上眼睛并捂住耳朵……他就那样惨叫了好几分钟,突然地板"嘭"的一声震了一下,我吓得都叫不出声来。当一切恢复平静时,我才睁开眼睛。

他的椅子打翻在地,自己在椅子旁边缩成一堆。我喊着他的名字:"本利安!"但他没有回答……

他"穿越"得很完美。我抬头望着那座雕像。就像本利安之前说的一样——雕像没睁开眼睛也没有说话,或诸如此类的东西。不要相信那些家伙,他们说被"穿越"的雕像可以动可以说话,那些都是假的,它们并不会动,也不会说话。

然而,在一片电光火石中,我震惊不已,到了现在我才第一次意识到这座雕像是多么辉煌啊!你有见过这样的东西吗?如果你见过的话,你就知道,之后就不会再见到像这样辉煌之物了。除此之外,剩下的都是胡扯。雕像似乎从一片浓雾和黑暗中撕开了一道裂缝,完全改变了模样;我敢打赌,如果你当时也在场的话,你也会像我一样激动得拍手。我把桌布扔到躺在地上的本利安身上,直到他们把这具空壳运走。我拍着雕像的脚,喊道:"本利安,这样可以吗?"

做完这一切,我激动地跑到街上,叫嚷着:"快来看看这座雕像是多么辉煌……"

他们说把我带到这儿来是度假，两三天后我就可以回工作室。但是他们之前也这样说过，我觉得那些说话不算话的人真的很卑鄙——而且连一本珍贵的笔记本都不还！但是我的房间里没有窥视孔，因为他们有的人房间里就有（这是巴西皇帝告诉我的）。本利安也知道我并没有抛弃他，因为他们每天都会帮我捎个口信回工作室，而且本利安总是回答说："没事儿，反正我也要在我该待的地方待一段时间。"因此，只要他能理解，我都无所谓。但是，如果还得在这儿继续拖下去就讨厌了，尤其是连医生们自己都解释说这一切都很合理……不过，只要本利安说："没事儿……"

伊娥女神

那扇带楣窗的门右边有四个黄铜门铃按钮，一个年轻人刚想把手放在最上面那一个时，又停了下来，抽回了手，最后还是按了最底下那个按钮。电铃线来回震动着，他又等了一会儿，因为不确定门铃是否响了，所以他又按了一下按钮。紧接着从地下室传来一阵嘶哑的铃声，一个女仆的头从那下面粉刷过的地方探出来，紧接着便缩了回去，显然，女仆认出了他。大厅里传来一阵脚步声，接着门就打开了；女仆站在门边让他进来，她应该是用围裙滑开门栓的，围裙还在她油腻腻的手上皱成一团。

"不好意思，黛西。"年轻人面带歉意地说，"但我不想麻烦她亲自下楼来开门。她怎么样了？她今天出去了吗？"

女仆回答说，年轻人口中的"她"已经出去过了，接着年轻人就沿着铺着地毯的宽阔走廊走去。

屋子里就像一家古董店一样杂乱，底座上放着白色石膏做成的半身像，彩陶花瓶里的棕榈叶上积满了灰尘，还摆放着许多战利品，有长矛、盾牌和标枪。楼梯口有一道用珠子串成的、风一吹就沙沙作响的门帘，门帘后的地毯一直铺到宽阔且平坦的楼梯台阶上，而且每一层都用一根铜棍固定住了。那是十二月的一个下午，在楼梯的拐角处，夕阳的余晖透过印花窗户的玻璃显得更加黯淡，余晖洒在暗绿色的鱼缸上，鱼缸里有几条灰黄的金鱼；破旧的台桌上摆着几盆仙人掌，还有一块又大又脏的白色羊毛毯子。经过一截短的楼梯平台，那位年轻人开始往二楼走去。二楼也铺了地毯，但是那块地毯好像以前是铺在餐厅或卧室里的，而现在剪成条状后，就铺在楼梯扶手和墙壁之间狭窄的间隙里。接着，他继续往上走，脚踩在地毯上就像踩在油布上一样发出很大的声音；最后，他在一个光秃秃的平台上停下脚步，敲了敲门，寒冷的余晖透过楼梯井上方的天窗洒在门上。

"进来。"一个女孩的声音喊道。

他走进房间，房间里低垂的天花板上还映着微弱的火光，这样一来，透过那扇方形窗户看到的屋顶和烟囱罩上面那片东方天空显得更加冷清。壁炉架上一面古老的暗镜里,隐约还能看见从天花板上反射的微光,那光芒毫无生气。在远处的角落里一扇门敞开着,虽然里面堆满了裙子和衬衫,但从那个角度依然可以瞥见女孩的房间。

接着,年轻人就把随身带来的纸袋放在圆桌上,桌子上乱七八糟地堆满了东西;那女孩就坐在炉火前的藤椅上,年轻人便朝她走去。年轻人亲她的脸颊时,女孩都没意识到有人过来,所以就没有转过身来。年轻人低头看着地上,有什么东西盖住了自己的脚步声,以致那女孩连有人靠近都没有察觉到。

"嘿,贝茜,这地毯是新的,对吗?这是从哪弄来的?"他高兴地问道。

房间中间铺着一块普通的黄麻垫子,但壁炉旁边却铺着一块华丽的豹皮地毯。

"赫本太太送过来的。因为门槛的那条缝有点漏风,有了这毯子我的脚就更暖和了。"

"赫本太太真是有心了。那么,丫头,你今天感觉怎么样?"

"比前些天好多了,艾德,谢谢你的关心。"

"这就对了。你很快就康复了。听黛西说你今天出去了?"

"对,我出去散了会儿步。但没走多远,我去了博物馆,然后在那坐了坐。你今天来得早了点,对吗?"

他转过身想拿把椅子，但椅子上堆满了薄纸样和麻布里子，他把那些东西都挪掉，然后把椅子搬到地毯上来。

"没错。我昨晚留在那儿帮维德结账，所以今天是他留在那儿。我俩轮流换班。好了，贝茜，现在该你告诉我发生了什么事。"

他们两个人的脸在火光的映衬下变得通红。她的美是那种第一眼就让人屏息赞叹的美，下午当商店和办公室都要关门、人们都快下班的时候，如果一个人在路灯底下有幸能看上她几眼，就会感叹她的五官怎么会如此精致：短小但挺拔的鼻子，柔软的嘴唇，跟小羊一样无辜的眼睛；即使脖子略显粗壮，但仅凭那颗小巧精致的脑袋，她在人群中都能变得耀眼。无论在哪一天的黄昏时分，你都可以看见成千上万个像他一样的普通人，在下班时赶着去卡特福德、沃勒姆格林或塔夫内尔公园里，跟女孩子一起喝喝下午茶，或者去打打台球；还可以先去便宜的"西进"餐厅随便吃点饭，然后再去歌厅的二楼打打牌、抽抽烟。他穿的立领衬衫的领子有四英寸高，当他提起裤脚，想整理一下脚上穿的紫色袜子时，那副纸套就露了出来，那是他白天在办公室里用来保护自己袖口的。他拿下纸套，揉成一团然后扔进了炉火里；那一刹那，楼上房间的灯亮了起来，在灯光的照耀下，她那精致的脖子白皙如雪，而她的眼神却如此忧郁与疲惫。

如果只看脸的话，人们会误以为他是那种喜欢去台球室和歌厅的家伙，但从他的谈吐来看，事实正好相反。他所谈到的都是关于理工学院的课程，以及刚兴起的英国文学课程。而且，曾经好像有人说过，从事这种研究并不符合人身心健康的发展，而他却宣称，自己每周三都会花上半个晚上的时间，去健身房里锻炼。

"贝茜，古罗马诗人曾说过：健全的精神来自健全的身体。"他说，"意思就是要有好精神，首先得有个好身体。懂吗？这才是至关重要的，尤其对那些整天闷在办公室里的人来说。我想我应该可以每周三都花半个晚上，从八点半到九点半，然后，高高兴兴地送你回家。但我要说的是今晚就是文学课的第二节课。第一节课极其精彩，讲的都是有关亚欧语言的内容——你也知道的，他们把这种语言称作印度日耳曼语系。好像是雅利安人，没带笔记我也不太确定，但是我敢肯定的是，印度人和波斯人穿过喜马拉雅山脉，也不知为何，他们就一路向西传播这种语系，一直到遥远的欧洲。这就是印度日耳曼语系的起源。学校里的讲师在讲这个的时候十分精彩。你也知道，英语就是日耳曼语系。接着就是凯尔特人。我要是带上我的笔记就好了。我看见你曾经也读过那笔记。接下来我们一起看看——"

她的膝盖上放着一本书，因为坐得离炉火太近了，所以书的背面被火给燎得变形了。他拿起书并翻开了。

"哈，济慈！贝茜，你居然喜欢济慈，真是太好了。我们本身不需要是多好的读者，但重要的是，我们要读好书。我不了解他，其实不是真正地了解他。但事实上，他很优秀。而且我一直用他来举例子，来证明人人都应该有接触到知识的机会。你知道吗？他的父亲只是一名普通的马厩管理员，如果他真的有机会上大学或是别的怎么样的话，现在他会成为什么样的人呢？但那谁又知道呢？但是，当然，我更多的是从历史的角度来研究这些事情的。让我们看一看吧……"

一只发夹夹着树叶插在书中，他就沿着痕迹翻开了书。闪烁的炉火映在书页上，他单调而又呆板地读起来：

我坐在浅蓝的山岗之上，

喧闹的人群走来，他们纵酒狂欢。

溪流汇进宽阔的大河，引来紫色光芒——

那是巴克斯和他的同伴！

热切的号角吹响，轻触的银钹

奏出银色的激越，营造愉快的喧嚷——

那是巴克斯和他的族人！

如采收动人的葡萄，他们走下山岗，

头戴嫩绿树叶，脸红如焰，

热烈舞动，穿过悦目的山谷。

为了将你吓退，呵，忧伤！

这一小段精妙绝伦的诗取自于《恩底弥翁》，讲述的是一群野蛮暴徒的后代侵入印度的故事。艾德略作思考状地扯了扯下嘴唇，紧接着他问道："呃，贝茜，这首诗讲的是什么啊？"

他问完继续读道：

> 高高的马车内，年轻的酒神巴克斯站立，
>
> 带着舞动的心境，摆弄他的常春藤飞镖。
>
> 他倾身大笑，
>
> 深红的酒液流淌着，
>
> 浸湿他丰满洁白的手臂、肩膀。
>
> 那洁白足以比作维纳斯珍珠般的食物。
>
> 在他身旁，西勒努斯骑着驴，
>
> 所过之处，抛掷鲜花，醉酒狂饮。

"呃！我懂了，说的是神话。是由传说和神话组成的，对吧？就像欧丁神和雷神索尔之类的，只是这首诗讲的都是北欧神话。所以呢，如果太当真的话那可就没意思了。但我觉得，在某种程度上说，这些事情是没有好处的，你应该明白的。"他又解释道，"越迷人的往往越危险，我们应该要透过现象看本质，要明辨是非和善恶，所以如果你能从这个角度看这首诗的话，它只不过是酒后之言，百害而无一利，会摧毁你的身心。有人曾经说过，将野兽称为残忍的野兽，对野兽本

身而言就是一种侮辱。我十四岁的时候就加入了蓝带组织，而且从未后悔过，哪怕是到现在我都不后悔。接下来我们讲讲维德的事，用他的话来说，昨晚'走了个弯路'，他今天早上还在说都不值得。不说他了，我们继续读。"

他又继续读下去，还配着僵硬的动作：

我看见埃及跪拜奥希利斯，

在藤蔓编织的花环王冠面前！

我看见灵烤的阿比西尼亚醒来歌唱，

和着银钹的声响！

我看见采葡萄者横扫一切，猛烈突入凶暴的古老鞑靼！

九天秘境飞翔的大梵天王哀婉……

"嗯！说的是佛教的神——梵天。又是神话。就像我之前说的，如果你真的把这些当真的话，我得告诉你这些不过是在美化醉酒——但要我说的话，我几乎是理解不了。最好先把灯给点亮吧。我们先喝杯茶，再接着看书。不用你来，你就坐在那儿等着，我去准备就行。我知道东西都放在哪——"

他站起身来，走到一个底下带有水槽的橱柜旁，在水龙头底下把茶壶灌满水，然后再拿到火炉旁。接着他划着一根火柴点亮了灯。

那廉价的玻璃灯罩是花冠状的，看起来土里土气的，最底下是透明的玻璃，底纹是渐变的粉色，到了边缘处就变成了红色。所以在这种灯光的照耀下，人会产生一种错觉，那就是壁炉架上面那一块地方特别暖和；而当艾德转动调节器的时候，他的整个身体，从腰部以上，就好像站在光谱图的一部分里，而且还是不断加深一直到红色的波段里。在灯光的照射下，天花板上有许多红色的光圈，那些同心圆形状的亮光圈，倒映在壁炉架上的那面老镜子里，变得更多了但却更加黯淡了；冬天里从东边烟囱盖上射进来的光线似乎突然之间就消散了。

贝茜低着头，雪白的脖子伸到灯罩下面，又重新拿起了那本书，但却没有看。她一直盯着壁炉架。不一会儿，她说："我今天下午在博物馆也看到了这些东西。"

他正在打扫桌子，上面堆满了黄麻里子和薄纸，还有好多本《米拉日记》和《叙述者》。在整理橱柜时，他把一个用木头和铁丝做成的穿深红色紧身衣的"假模特"放在了一边。

"什么东西？"他问道。

"就是你刚才读的那些。他们都是希腊人，对吗？"

"哦，那间希腊历史馆！……但是那些人，就像酒神巴克斯的那些人，不是普通意义上的凡人。他们大多数都是神或者女神；巴克斯就是酒神，这就是所谓的神话。我有时也希望能把希腊文学纳入我们的课程之中，但是毕竟也没有多少人使用希腊语了，因为日耳曼人更倾向于现代生活。博览群书是很好,但也要读好书,你懂吗?啊,我给忘得一干二净了,我还给你带了一些葡萄,贝茜,就在那个纸袋子里。我们喝完茶就把葡萄给吃了,怎么样?"

"可是,"她停顿了一下又继续说道,但眼睛仍然盯着那炉架,"他们有自己的神父和女祭司,还有许多的追崇者和子民,对吗?我看见的就是他们的东西——梳子、胸针、发夹还有剪指甲用的东西。这些东西就放在那儿的一个玻璃盒里。而且他们还有扣针,就跟我们平时用的一模一样。"

"哦,他们都是神话里的人。"他兴致勃勃地说道,"你是看书看多了,才会这么想。我只希望你不要太累了,当然,你很快就会恢复的,可你还得小心一些。我们换一张干净的桌布,好吗?"

一直以来,她都病得很重,她已经对生活绝望了;然而,这名理工学院的年轻学生似乎急于向她保证,她已经痊愈了,或者很快就会痊愈的。"等情况有所好转",他们就会结婚,而且看得出来,他非常爱她。他一边继续整理桌子,一边望着她的脸和脖子,接着他又向橱柜那边走去,手放在她头上,轻轻地抚摸着她的发丝。

她吓了一跳,也把他给吓了一大跳。她肯定是深深地陷在沉思里,才会如此惊讶。

"我说,贝茜,你也不至于吓成这样吧!"他不由自主地一下叫出声来。说实话，就算是他的手像火一样烫，或者像冰一样凉，或是像魔爪一样，她也不至于吓成那样，一脸惊恐地看着他。

"谁让你碰我的。"她小声嘟囔着，眼睛还是盯着炉架。

他站在那儿，一脸焦急地低头看着她。他也知道，最好不要说到她现在的状况；但是他一时心急就给忘了。

"你知道吗？你刚才吓了一大跳，没准也是因为你这病的缘故。等你完全好了我才能放宽心，你这样子可太奇怪了。"

听到他说她"奇怪"，她有点不高兴。从这件事上，她也觉得他"奇怪"——至少，她发现他跟以前不太一样了，开始有点惹人厌了。他那蹩脚的读诗方式惹得她不开心，还有他那自以为是的观点，以及他在表达这些观点的时候用的语气都让她感到不舒服，但是她却努力地隐藏着不想被他发现。不是因为她比他"优秀"，或比他"博学"，也不是因为她没有像以前一样爱他了（她猜想）。觉得他烦人的情绪可能是因为她的病，跟前面提到的那些事都没有关系，有时候她也因为自己情绪如此低落而感到自责。

"艾德，没关系的，但是以后不要像刚才那样碰我了。"她说。

他正准备俯身靠在她的椅子上，但却看见她在往回缩，于是就克制住了。

"可怜的姑娘！"他一脸同情地说道，"你怎么了？"

"我也不知道。我这样做实在是太蠢了,但我也不想这样,可是我控制不住自己。如果你能让我自己待一会儿,没准过一会儿就好了。"

"没发生什么事,对吧?"

"只有我刚才告诉你的那些愚蠢的梦境。"

"这些梦可真讨厌!"这位理工学院学生嘟囔着。

在她生病的这些日子里,她做过很多梦,每隔一段时间就会醒来,发现艾德或医生,有时又是赫本太太或她姑妈正俯身看着自己。但这些亲切而又充满关怀的面孔也不过是转瞬即逝,很快她又进入了梦乡。奇怪的是,这些梦似乎就跟她醒来时的生活一模一样,还有其他的事情——那一张张充满焦虑的面孔,她那昏暗且脏乱的卧室里的一切细节,就连她嘴巴里含的体温计,也都出现在那些梦里。而且,即使她在现实生活中醒了过来,但那些梦却没有完全消失。她只记得,他们从一片笼罩着金色光芒的迷雾中,传来一阵阵高亢欢乐的歌声,尽管随时都可能恢复意识,但这些梦境却总是无法消散。她如今生活在现实和幻想之间。

相对她的感觉,她的话要少多了,她费力而又徒劳地表明自己的观点,不免让人觉得可怜。

"太奇怪了。"她说,"就好像踮着脚尖走在某个地方的边缘,我实在是形容不出来。有时候我都能用手摸到它,然后它就不见了,但也不会完全消失。就像有什么东西越过我的肩膀，从我眼角掠过，所以有时候我就一动不动地坐着，试图让它放松警惕。但是我一扭头，它也就跑了——就像这样——"

她这突如其来的一扭头，又吓了他一跳。她那怯懦的眼睛偷偷地瞟向一边，然后迅速地转过头去。

"嘿，贝茜，我告诉你，别这样！"他不安地叫道，"你刚才那样做的样子看起来太诡异了！你又在胡思乱想。"他继续说道，"这就是你做的事，整天胡思乱想。就因为这样，你才陷入一个低迷的状态。你要振作起来，我今晚就不回理工学院了，我就待在这儿陪你，让你高兴一点。你知道吗？亲爱的，我觉得你没做出努力。"

他最后的那句话似乎触动了她。他们俩似乎都对她最清楚的那件事见怪不怪了，"没做努力……"她纳闷他是怎么知道这回事的。她隐约觉得，自己确实应该要努力一把了，这是很重要的。

然而，她从未摆脱过那些梦境，而且一直都能听见有一种声音在召唤她；就像是一个人在魔法书上读到精灵的召唤时，他的脑海里也能听见一样的声音，然后在那充满诱惑的召唤声后还有一种更加严厉的声音。声音里既带着警告又极具吸引力。她踮起脚尖，神色不宁地站在那边缘之外，还夹杂着一阵欢乐的催促声，"快点，快点"，那更为深沉的呼唤声，告诫她要当心。这些声音让她感到迷惑。当心什么？

当心什么危险的事吗？还是当心什么人？……

"艾德，你说我没做努力是什么意思？"她慢慢地问道，又望着炉火，此时水壶里的水已经开了，发出"呜呜呜"的声音。

"为什么这么问？当然是努力恢复健康啊。恢复到你以前一样……就像……当然，你很快就会恢复到跟以前一样了。"

"像我以前那样？"说出这话时，她的呼吸有些急促。

"对啊，你生病之前的样子。重新做回你自己，知道吗？"

"我自己？"

"快乐的那个你，不会像现在这样一惊一乍的。我真希望你能离开这里。在海边待上半个月，那对你是再好不过的了。"

她也不知道，自己为什么听到"大海"两个字就突然呼吸困难起来。大海……好像他只是把这两个字说出口，就触碰到某种神秘的泉水，从而触发了某种魔咒。他提到大海是什么意思？如果半个月前，有人跟她说到大海的话，她肯定想到的是马尔盖特、布莱顿以及绍森德的海，就像施了魔咒一样，只要看到一个字就会唤起出现在眼前的画面；她还能想到什么其他的画面呢，现在她还能想起来吗？然而，她还真想出一个，或者说差不多想出了一个。她有过什么新的体验？或者说她能想起哪些以往的经历？带着这种疑惑，在欢乐的用餐声中，在正常的听觉范围之外，又掺杂了一种新的声音，像是错觉——一种模糊但声音很大的碰撞声和沙沙声,那声音既温和又刺耳,那此起彼伏的声音中蕴藏着寂静与孤独,与之相比,那种纯粹的毫无声音的寂静是空虚的。这就是她梦境的一部分,看不见、摸不着、听不见,但它就在那儿。艾德就好像是个魔法师,因为他一张嘴,说出那个字,梦境就溜出来了。他还会说别的类似这样的话吗?他会说着那样的咒语——能把幻象变成现实,再把现实变成幻象吗?在内心深处,她好像感觉到有什么——她的灵魂,她自己,具体是什么她也不知道,总之让她激动不已,辗转反侧,又平静下来……

"大海。"她低声重复着这两个字。

"对啊,这样才会让你振作起来!你还记得以前我们在利特尔汉普顿岛上待的那半个月吗?你和我,还有你姑妈一起去的那次?那次咱们多开心啊!我喜欢利特尔汉普顿,它没有布莱顿那么繁华,而马尔盖特又总是那么拥挤。你还记得我们在风车旁玩的那个下午吗?贝茜,现在想起来,那时候我真的好爱你!"

他还在喋喋不休地说着,但她却没在听。她正在纳闷,为什么"大海"这两个字,会莫名其妙地变成这一切的一部分——博物馆里的发夹和胸针,膝上的书,还有那个梦。她想起了小时候玩的捉迷藏游戏,如果你靠近那个躲藏的人,你就要喊:"暖和,暖和,暖和了!"哦,她身上也越来越暖和了——已经很热了……

他没再继续说了,只是看着她。可能是想到那个在风车旁的下午,那时候自己有多爱她,所以他又不自觉地靠近她坐的那把椅子。她感觉到了他的靠近,好一会儿都紧闭双眼,好像在害怕什么。然后她急忙问道:"艾德,茶泡好了吗?"当他转身走到桌子旁时,她又拿起了那本书。

仅仅只是触摸到那本书,她都感到"暖和"。书打开到了某一页。她没有听到艾德在桌子旁发出的哗啦啦的声音,也没有听到他叽里咕噜说的那些关于在马尔盖特和利特尔汉普顿看见的小丑、班卓琴和歌手们。她又一动不动地坐着,为了听到更欢快、更疯狂的喧闹声,她的内心在煎熬地倾听着……

热切的号角吹响,轻触的银钹奏出银色的激越,营造愉快的喧嚷——

书上的字好像在动。在贝茜的眼中,似乎闪着另一种光,而并非火光。她的胸脯随之上下起伏,从那白皙而又沙哑的喉咙里发出一阵模糊不清的声音。

"呃?贝茜,刚刚你说话了吗?"艾德正在给面包涂上黄油,他停下手上的动作问道。

"啊?没有啊。"

回答这句话的时候,她转过头来,看见了他。突然,她吓了一大跳：这是个多么不修边幅的人啊！他那干瘪的胸膛，那瘦弱的脖子，那自以为"能说会道"的小嘴巴，还有那短短的下巴——没错，他真的需要上一门理工学院的健身课！然后她忽然想起，曾经有一次在马尔盖特，她远远看见他身上穿着一件租来的宽松浴衣。那件浴衣一看就是机洗的，事先肯定和一百多件衣服一起泡在泥水里。那天还挺冷的，他一边把马球扔来扔去，一边还大声叫喊着："健全的精神寓于健全的身体！"……对于自己干净整洁的鞋子，他也颇为得意；毫无疑问，他的脚肯定也发育不良；而且她曾经还看到，他脖子上被领扣磨出的那些小红点儿……不，她可不想让他碰，至少刚刚她就是这么想的。他的触碰就像是对别的触碰的背叛……在某个地方，某个时间，某种程度上……在那个充满诱惑力的梦中，她无法记住所有细节，但也不会什么都不记得。那是什么梦？到底是什么样的梦呢？

她又继续盯着炉火看。

突然，她跳了起来，发出一声像野兽怒吼一样的呜咽。那个蠢货又碰了她一下。他肯定是被那天下午在风车旁的记忆冲昏了头脑，又一次取水壶的时候，悄悄地走到她身后，飞快地在她脖子上留下一个炽热的吻。

接着他在她面前退了回去，磕磕绊绊地撞在桌子上，把杯子碟子弄得叮当响。

那把藤椅也歪了,但很快又恢复了原状。

"我跟你说过了——我早就跟你说过了——"她呜咽着,又高又瘦的身体气得发抖,"我明明就跟你说过了——"

他抬起胳膊肘挡了一下,好像怕她打他。

"你又碰了我——你——你!"她脱口而出。

他走到离桌子更远的地方,之后才结结巴巴地说:"唉——见鬼了,贝茜——你到底怎么了?"

"谁让你碰我的!"

"好吧。"他绷着脸不高兴地说道,"放心,我不会再碰你了——不要害怕。我真没想到你居然脾气这么大。好了,算了吧。我不会再碰你的。天哪!"

她收回本来攥白的拳头,慢慢地把手放了下来。

"现在没事了。"他又忿忿不平地抱怨起来,"你真的不必这样。我说过,我不会再碰你的。"接着,似乎他总算想起来,毕竟她还生着病,得哄哄她,趁着她气得胸脯还在剧烈起伏着的时候,他就当作什么也没发生,继续说,"来,贝茜,快坐下吧。茶已经倒进茶壶里了,我马上会准备好的。你可真是个幼稚可笑的小姑娘啊,居然做出那样的事!听我说!那是一个松饼圈,那是暖和的火堆!你就坐在这儿,我出去拿就行了。把钥匙给我,这样我自己就能进来——"

他从她的包里拿出钥匙，拿上帽子，急匆匆地跑了出去。

她却没有再坐下来，他的迅速离开并没有使她感到平静。在艾德从她身边退开的那一刻，她的表情看上去就像是一条美丽而又愤怒的蛇，颈部肌肉就像蛇的气囊一样鼓了起来，准备发起进攻。她一脸茫然地站在那儿，有人也许就会想，没准他那轻率一吻，就是她一直所寻找的咒语，她感觉到自己离那咒语越来越近，而那咒语跟博物馆里的那些东西紧密相关，那本书，那从未听过的海浪声；而这一切只不过是"变暖和"的阶段。挡在她和那些精灵般的声音之间，以及挡在她和那片金光闪闪的薄雾之间的，只不过是一件微不足道的小事而已。在那片薄雾中隐隐约约可以看见一些模糊的身影在移动——就像是手臂在挥舞着，挥舞着那些奇怪而又熟悉的东西。那波涛汹涌的海浪声不是她耳朵里血液的流动，那玫瑰色的红晕也不是廉价的红灯罩发出的亮光；她看到的那些身影，简直就像是她在一面明晃晃的镜子里看到的一样清楚，她听到的那些声音，也几乎就像透过不太厚的屏障听到的那样清晰。

"快——那本书。"她嘟囔着。

但就在她伸出手想拿那本书的时候，耳边又传来了那庄严的警告声。似乎有什么东西想拦住她的手一样，因此她故意把手往前伸过去。又一次，从餐厅里传来的高声叫喊着的"快点儿！快点儿！"和那句低沉的"小心!"声音夹杂在一起。她深知,一旦越过那可怕的边缘,梦境就会变成现实,而现实也会沦为梦境。她对所谓的人性的善变一无所知——它其实根本不是一个事物,而是一种状态、一种平衡、一种关系、一种巧妙地处于均衡的合力,只要轻轻一碰,便会"嘭"的一声,一想到这,无形的恐惧涌上她的心头。

正当她犹豫不决之时,房间里出现了另一种新的亮光。一道橘黄色的光穿过烟囱帽那道参差不齐的边缘,照进方形窗户的窗台。她身体往前倾,看到了那一轮满月,圆圆的月亮发出红棕色的光,却被浓雾给遮挡了。

紧接着她的手抓起了那本书。

你们从何处来,快乐的少女?你们从何处来?

那么多,那么多,那么欢快?

为何抛下你们将要荒凉的凉亭?

抛下温和的命运和你的竖琴?

我们跟随巴克斯而来!飞翔的巴克斯,他征服一切!

巴克斯,年轻的巴克斯!不论好运或厄运降临,

我们都会穿越广阔的国土,在他面前起舞!

到这里来吧,美丽的少女,

加入我们热情的吟游!

刹那间,黑暗似乎淹没了一切,紧接着出现了一道光赶走了黑暗,照亮了一切。黑暗消失了,而此时贝茜正面对面地望着那梦境,那已经在她的血液和身躯里沉睡了两千多年的梦啊。她就那样目瞪口呆地站在那儿,压抑已久的呼唤似乎已经到了嗓子眼了。而另一个梦境则是关于现在的,关于这些的!他们在一片喧嚣和混乱中,带着光芒降临人间了——酒神巴克斯的女祭司、酒神狄奥尼索斯的女祭司、森林之神赛特斯还有农牧之神法翁——他们赤身裸体,只裹着兽皮;腰带松开,披头散发;戴着花环,载歌载舞,欢呼雀跃。一时间空气中充满了各种各样的声音:噔噔的马蹄声、咚咚的手鼓声以及沙沙的神杖声。他们挥舞着颌骨,而那些颌骨是小孩和山羊的残骸;击打着青铜双耳杯,还将银奥巴抛向空中。他们从岩石和树林之间的裂缝中走来,成群结队地走到一片宽广的海岸边,落日就在他们身后。她看见夕阳洒在他们光滑但带有斑纹的兽皮上,他们大腿和肩膀的深棕色,就像是镀金的象牙一样;他们高高举起手臂可以看见内侧是白皙的,以及他们的血盆大口,还有农牧之神在跳动时两边颤抖着的"羊铃铛"。然而,上帝在深谷上方遮天蔽日,自己也降临人间,他的车上躺的全是醉醺醺的姑娘们,还有蛇盘绕在她们身边。

他们疯狂地叫喊着、呻吟着,他们互相跳到对方的身上并发出淫荡的笑声,又或是用半脱皮的神杖互相追打对方,接着他们便涌向沙滩。

他们奔向海边，海水在繁星点点的夜空下闪烁的微光，就像是珍珠在昏沉的暮色中所发出的光一样。他们沿着海边，奔跑在湿润的沙滩上，呼唤着他们迷路的同伴。

"快点，快点！"他们大声叫喊着。其中一个年轻人跑来跑去，不停地喊着她的名字；他的身躯宛如黎明之光一样耀眼，他肩膀的线条就像永恒之山一般宽厚。

"再大点声，再大点声！"她欣喜若狂地回应着。

什么东西"叮咚"一声掉在壁炉的栅栏上。原来是她的一个发夹，她一侧的头发松了，就那样乱蓬蓬的；健壮优美的脖子上扬起她的小脑袋。

"再大点声！我听不清！再叫一遍——"

她头一扬，剩下的头发都散落下来了，这样一来她正好在壁炉台上的镜子里瞥了自己一眼。她最后一次听见那句可怕的"小心"，那声音震耳欲聋；下一刻她把自己的手指插进喉咙里，想把扎在里面的丝带弄断。那个身躯高大、臂膀宽厚的男人正在找她……如今她住在这阴沉沉的阁楼里，穿着这些晦气的衣服，他又如何能认出她呢？他宁愿去找那边橱窗里穿深红色紧身衣的假模特。

她的手指紧紧攥着自己所穿的俗气的丝绸衬衫。她突然猛地一扯，她的胳膊和喉咙一下子都自由了。她气喘吁吁地好像拽着什么东西，那东西只是发出一声短短的"咔嗒咔嗒"声,就像一个钢闩;又有什么东西掉在了壁炉的栅栏上……这些也……她把它们撕碎了,然后一脚踢开,它们就躺在她的脚边;就好像秋天的落叶飘落在树干四周一样……

"啊!"

她就站在那里,仿佛置身于一片光谱中,光谱中的颜色不断加深直到变成深红色;而她的目光却落在自己脚下的豹皮上。她一把抓住了那块豹皮,就在这时,她又看见了紫色的葡萄——那紫色的葡萄是从桌上的纸袋里掉出来的。她捡起那块豹皮,猛地往前跳去。葡萄汁喷了出来,喷到了她那乱蓬蓬的头发里,而她的身子下面是剩余的葡萄籽和果肉。她嘶哑地尖叫着。

"再叫一次——哦,快回答我!告诉我我的名字!"

像打了蜡一样光滑的楼梯上传来艾德的脚步声。

"我的名字——哦,我的名字!"她心急如焚地叫道……"哦,他们肯定不会等我的!他们已经点燃了火把——他们举着火把在岸边跑来跑去——哦,你们都看不见我吗?"

突然她冲到那把放着一堆衬里和薄纸的椅子旁。她抓起一大把塞进火里。

它们落到火上燃烧起来。楼梯上传来一声叫喊声,接着便是有人匆忙上楼的声音。

"再叫一次——就叫一次——叫我的名字!"

她体内酒神女祭司的灵魂开始骚动,挣扎着想要从她的眼里逃出来。接着,就在门被猛地推开时,她终于听到了,随即就发出一声可怕的叫喊。

"我听到了——我几乎听到了——但是再叫一次吧——伊娥!伊娥,伊娥,伊娥!"

艾德一下子目瞪口呆地站在门口,而下一刻,他忘了自己坚定的承诺——忘了有的人虽来自西方但却带着信仰——忘了将梦境变为现实,或将现实变为梦境,这是上帝最令人敬畏的恩赐——忘了一旦越过那边缘,而那些理智、甜蜜和光明都将一去不复返,因为只有在永远失去的一刻才看得最清楚——但他早已冲下楼梯,惊恐万分地尖叫着:"她疯了!她疯了!"

事故

I

这条街本身变化不大,但对罗马林却有着潜移默化的影响。一两条街之外的闹钟敲响了七下,他站在那儿,双手交叉地放在手杖上,一开始很好奇,紧接着充满了期待,但最后,随着钟声逐渐消失,他却奇怪地对自己的记忆感到满意。那闹钟的报时声十分特殊,是精心设计过的,在主导音没有明显收尾的时候,过了好长一段时间,时钟就自己敲响了。直到耳朵几乎听不见时钟最后一次震动的微弱声音时,罗马林才又想起在被钟声打断之前他在做的事情。

这实在是太让人出神了——注意到这条街上的一些细枝末节,而其实这些早就被他忘得一干二净了；如今他的目光又落在它们身上时，他的记忆也跟着慢了半拍。门环的形状、一堆旧烟囱、石板上的裂缝还在那儿——很久之前的某个地方，这些东西都是有所关联的；但是它们之间的联系藏得很深，一想到它们，罗马林就有种奇怪的凄凉之感，仿佛他又回到了很久没回去过的地方。

但是，当他继续盯着这些事物时，脑海里却涌现出越来越多的模糊的记忆；每当有一点点旧事物重新浮现时，几十码以外的新事物似乎就消失了。崭新的商店门面不见了，本来在凹陷处有一堵墙的，现在那堵墙也不见了，又只剩下凹陷处了；在街道尽头，灯光照耀下的门店对面，那闪着绿色和深红色的光、上面写着某种威士忌名字的电子招牌，也不再刺眼了。他经常经过的那家小餐馆，那陌生的新门面也恢复成原来熟悉的老样子。

正好七点钟。在下马车的时候，他还以为晚了呢。离本来约好的时间还有十五分钟。但他不打算到餐厅里面等，因为要想看看他的客人是谁，最好在门口等着。借着餐厅窗户的灯光，他调了调自己的手表，接着沿着街道闲逛了一会儿，一直走到一群人正在把布景从新剧院的后门搬上双轮运货车的地方。虽说那剧院也有二十个年头了，但是对罗马林来说它还是一个"新剧院"。在他那个年代，这里还没有剧院。

在他那个年代！他那个年代已经是这个剧院所存在的年头的两倍

了。四十年前，这条街，这片街区，已经跟他的生活融为一体了。在四十年前，那时候他还没有成为一位获得君主荣誉和勋章的著名画家；他只是一个普通的学生，和其他学生一样野性十足、生机勃勃；正因为他从容自若、从容不迫的心态，所以他也没把自己的成功放在心上。当他的目光落在餐厅旁边的那家门环上时，他的脸上掠过一丝微笑。这个门环在这些老家伙的手上是怎么幸存下来的呢？明明他们之前弄坏了好多？是什么意外使它幸存下来了，而且现在还能如此古怪地恢复到往日的生活？他站在那儿，双手交叉着放在手杖上，脸上还带着笑意。这根手杖是一位王储送给他的，上面刻着"送给我的朋友罗马林"。

"你不应该出现在这儿的，知道吗？"他对那个门环说道，"如果我没有弄坏你的话，马斯登也会弄坏的……"

罗马林要见的正是马斯登——很奇怪，他最近一直对马斯登念念不忘。马斯登是世上唯一一个与自己还有些隔阂的人，而现在就连那一点最微弱的敌意也在慢慢消失了。一个人不可能四十年来都忘不了年轻气盛时候的仇恨。而如今罗马林意识到，这几个月以来，他并没有真正恨过马斯登了。那次也是在这家餐厅（罗马林又经过了餐厅），他们俩为了一个女孩大打出手，桌子也被撞到一边，而餐厅里的服务员也在忙着疏散其他的客人……然而如今罗马林已经六十四岁了，马斯登比他还大一岁，而那个女孩——谁知道呢？没准很早之前就已经去世了……谢天谢地，幸好时间能治愈一切；其实当马斯登接受了自己的邀请，愿意一起共度晚餐的时候，罗马林感到由衷的欢喜。

可是——罗马林又看了看手表——看上去马斯登这次又要迟到了。马斯登总是这样——他来去自由，随心所欲，完全不顾给别人带来的不便。但是，毫无疑问，他得慢慢步行过来。如果报道上说的都是真的的话，那么马斯登这一生并没有取得多大的成就，罗马林听到这些有点过意不去，所以希望能帮他一把。即使是一个好人，当他生活前行的方向总是被不幸之潮阻挡时，他也无能为力；而罗马林作为一个名利双收的成功人士，当然知道自己是一个幸运的人……

尽管如此，马斯登还是迟到了。

当马斯登出现在街角，朝自己走过来的时候，罗马林并没有认出他来。罗马林事先并没有想到如今马斯登看起来会是什么样的，但罗马林清楚的是，他看起来不太像了。他那短短的灰白胡茬还是老样子，那胡茬太短了，以至于让人都分不清到底是胡须还是没刮干净的胡茬；他的身材和行为举止也都没有变——只是身上穿的衣服不一样了，而且，那个正赶来见罗马林的人的穿着，说得直白些，未免有点寒酸，但好像也不是因为衣服……但罗马林真的不认识向他走来的这个人是谁，因为他的记忆暂时没有任何反应。他已经离刚才那群人把布景从剧院搬到货车的那个地方有几十步远了，其中一个工人举起手来，可以看见一个油漆还没干的"翅膀"布景的边缘……

就在听到马斯登声音的那一刻,就像刚刚时钟敲响七点整的时候一样,罗马林发现自己突然期待起来,全神贯注,接着又奇怪地对自己的记忆感到满意。至少马斯登的声音没有变,还是老样子——语气带着一丝嫉妒,还有一丝讽刺,喜欢一些低俗的话,不喜欢一些稍有品味的话。这一下子又把罗马林拉回了刚才的记忆,刚刚看见的时钟、门环、一排烟囱以及石板上的裂缝。

"啊,我尊敬的院士,我——"

马斯登的声音从那群搬布景的工人中传来。

"先生,麻烦您让一让。"另一个声音说道。

那只彩绘的"翅膀"此刻就挡在他俩之间。

就在那一刻,事故发生在罗马林身上。如果事故的本质是与武断的术语相关联的话,那是因为没有其他特定的术语可以与它相关联。那是一个已经解密的密码,它也可以恢复到之前的加密形式,就像罗马林随后又把它重新加密一样。

当罗马林挽着马斯登的手一起走进餐厅时,他注意到虽然餐厅的外面依然保留着以往的装修,但是餐厅里面都焕然一新。那些廉价而又闪闪发光的墙镜,给人一种错觉,让餐厅看起来比实际的面积大。餐厅里《爱和牧羊女》画得像冰激凌小贩的手推车上面的画一样,还有那衣帽架，还有让整个餐厅的空气缓慢流动的四叶吊扇，只要吹声口哨，出租车就会帮你在附近找到十几个差不多的餐厅。菜单上写着：餐厅内点餐或套餐都只要两先令。无论是餐厅里厨师的烹饪技术还是服务员的服务态度，都不会影响到罗马林选择到哪个餐厅就餐。

罗马林向那个走上前来准备给他脱下大衣的服务员做了个手势，示意让他先去给马斯登服务；但马斯登冷哼一声"行吧"之后，已经自己动手脱下来了。看了一眼马斯登大衣的内衬，罗马林才明白他为什么要跟服务员保持一定的距离了。他一想到自己穿着的是丝绸内衬的毛领大衣，心里不禁感到一丝内疚。

他们坐在离吊扇不远的一个角落里。

"现在我们可以好好说说话了。"罗马林说道，"马斯登，我真的很开心，能再见到你我真的很开心。"

他所面对的是一张凶神恶煞的脸，眉头紧皱，未修剪的铁灰色鬓发硬邦邦地搭在耳边。这让罗马林感到有点震惊，他几乎没有注意到随着时间的流逝，有些东西能够变化如此之大。罗马林自己的额头又高又敞亮，看上去亲切温和，他的胡子就像银色的盾牌一样，茂密而又有光泽。

"你很开心，是吗？"当他们面对面坐下时，马斯登问道，"其实，我也很开心——让人们看到你跟我在一起。没准还会让我的信誉恢复一点。刚才那边就有个家伙，从报纸上登的照片认出了你……我想我可以……"

他轻轻抬了抬手，马斯登估计是想点一杯松子酒和苦啤酒。罗马林为他点了一杯，而自己却没喝。马斯登一口气喝掉了餐前酒，接着伸手去拿自己的面包卷，随即把面包卷撕成片状——罗马林记得从前马斯登总是这样吃面包——就像扔子弹一样，他把面包飞快地扔进嘴里。以前，他的这个习惯让罗马林很恼火；但是现在……算了吧，算了吧，谁让生活对我们比有些人好呢。那些人如果放弃奋斗的话，也不能全怪他们自己。马斯登，可怜的家伙……服务员把汤送上桌并打断了罗马林的沉思。他看了看那张紫色的菜单，点了接下来的菜，之后两人便默默地吃了好几分钟。

"好了。"过了一会儿，罗马林推开餐盘，擦了擦他的白胡子后问道，"马斯登，你还是个浪漫主义者吗？"

马斯登把餐巾塞在他那件破背心的两颗纽扣之间，他正把还剩下一点杜松子酒和苦啤酒的酒杯放在嘴边，听到这话，他隔着玻璃杯怀疑地看着罗马林。

"嗯？"他说，"罗马林，你不要没话找话，为了找话题也不至于说一些陈芝麻烂谷子的事吧。你的回忆没准是幸福的，但我没有在过去的事情上浪费时间的习惯。还不如扯一些新的话题……我还要喝威士忌加苏打水。"

接着服务员拿来了一大杯威士忌,马斯登点了点头,喝了一大口。

"(祝)健康。"他说。

"谢谢。"罗马林回复道——一瞬间他忽然注意到自己回答的这个单音节词,跟马斯登刚说的那个简短的单音词一样,根本不是出于他的本意。"谢谢你,你也一样。"他补充道。接下来是一阵短暂的沉默,接着鱼就送上桌了。

罗马林没有想到会这样。他来是想跟马斯登和解的,而不仅仅只是请他吃饭而已。而且如果马斯登不想多说的话,也只好顺他的意了。的确,他问马斯登是否还是一个浪漫主义者,主要是为了找话题;但马斯登立马道破这一点,也挺扫兴的。如今他一想,他好像从来不知道马斯登经常挂在嘴边的"浪漫主义"到底是什么意思;他只知道浪漫主义的信条,无论那是什么,都已经肩负了挑战性的重担,就像是被人植入到肩膀上的一个芯片,在危急时刻都要想方设法把它除掉。而在罗马林看来,这种信条在暴力中似乎无用武之地……但这些都不重要,关键在于,他们俩之间的谈话一开始就不怎么愉快,因此如果要和解的话必须马上修补。为了缓和气氛,罗马林身子斜靠在桌上。

"马斯登,你得像我这样,态度友好一点。"他说,"我想——让我想一下——如果我们的立场互换一下,我想你肯定也会真心诚意地帮我的，而且我也会坦然接受的。"

马斯登又一次一脸怀疑地望着他。"帮我？你想怎么帮？"他问道。

"那正是我想问你的。但是我猜，比如，你应该还在工作吧？"

"哦，我的工作！"马斯登做了个轻蔑的手势，"你再猜猜看，罗马林。"

"你什么都没干吗？哎呀，我对我的朋友们都很关心的，你很快会明白的——是特别关心。"

但马斯登却抬起手来。

"没那么快的。"他说道，"你先说说你刚提到的帮助是什么意思。你不会真的是在想我找你借钱吧？反正现在我是这么理解'帮助'的。"

"那你已变了。"罗马林说道——然而，他心里却在暗暗纳闷，马斯登在这方面到底改变了多少。

马斯登冷笑了几声。

"你不会以为我还没变吧，不会吧？"接着他身子突然往前倾过去，"这可错大了，罗马林——大错特错。"

"什么错？"

"就这个——我们再次见面，本身就是个错误。"

罗马林叹了口气。"我希望不是。"他说道。

马斯登又往前倾了倾，做了个手势，罗马林清楚地记得当时那个动作——手里拿着餐刀,刀口朝上,掌心也朝上,一边解释一边强调重点。

"我跟你说,这就是一个错误。"他说,稳住手和刀,"你不可能改变这些事。而且你想改变的不是所有的事情,只是一些特定的事情。你想在这些事情中精挑细选,挑走好的剩下坏的。我身上肯定有什么地方或什么东西你也不是完全看不惯的——顺便说一下,其实我绞尽脑汁也想不出来那是些什么;而你却只想拽着这些不放,而把其他的都抛到九霄云外去。然而,你不能这么做,我也不会让你得逞的。我不能就像这样把自己的命运托付给你。如果你想深入了解这些事情,那没问题;但必须是全部,否则什么都不要想。还有,我还想再来一杯。"

当罗马林向服务员示意的时候,马斯登放下餐刀,轻轻拍了拍手。

从罗马林脸上看得出来他现在很苦恼。他不认为自己的态度高高在上。但是他又一次告诉自己,必须要体谅别人。在生活的战斗中没有取胜的人都容易敏感,而马斯登就是如此;毕竟,他还是想跟那个老马斯登和解的。

"那你对我就公平吗?"过了一会儿,他低声问道。马斯登又拿起了餐刀,刀尖向前。

"对啊,很公平。"马斯登微微提高了嗓音,接着他用餐刀指了指桌子那头的墙镜,"你也知道,你过得很好,但是我呢,很显然过得不好;

你不能睁着眼睛说瞎话。但我也是沿着我自己的人生轨迹走的，和你的一样合乎逻辑。更何况这是我自己的人生，我不会为此向任何一个人道歉。更重要的是，我为我自己的人生感到自豪。至少，我的人生目标是明确的。所以我认为，在你说到要帮我的时候，我指出这一点是完全公平的。"

"也许是这样吧，也许你说得没错。"罗马林有些伤心地附和道，"你的语气每次都把事情搞得有点复杂。相信我，我绝对是因为纯粹的友谊，除此之外我别无所图。"

"不……"马斯登说道——这个"不"似乎是他故意拖长音的，是经过深思熟虑后肯定这一点的，"不。我相信是这样。你总是能达到自己的目的。哦，没错。我关注你的崛起——我特别关注。虽然耗时许久，但你最终还是登上顶峰。你就是这样的人。你的命运就刻在你的脑门上。"

罗马林笑了笑。

"嘿，这是个新话题，不是吗？"他说道，"如果我没记错的话，你可不太喜欢说太多关于命运的事。让我想想，这些是不是更像你的风格——意志力、激情、无所畏惧，接着再说些等等之类的话？是不是这样？你总是怀疑自己所做的事情更多的都是基于理论上的信念，而非内心真正的渴望？"

一个公正的旁观者会判断出这些话是否出于他的本意。马斯登正在用餐刀把他的碎面包卷的碎屑拢在一起。他把碎屑刮成小小的正方形,然后再把边角都修整好。直到那一堆小东西按他的喜好堆好了,他才一脸阴沉地抬起头来。

"罗马林,你就别管了。"他草率地说道,"算了吧,"他继续说道,"顺其自然吧。如果我也像你那样说话的话,我们只会互相残杀的。来,碰一下杯——来——就这样吧。"

罗马林机械地碰了碰杯,但是却眉头紧皱,一脸困惑。

"互相残杀?"他重复道。

"没错,顺其自然吧。"

"互相残杀?"他又重复了一次,"你实在是把我给弄糊涂了。"

"也许我完全错了。我只是想提醒你,我这辈子也干过不少事。好了,现在就不要再提了。"

在罗马林那东方人的弯眉之下是一双漂亮的棕色眼睛。人们又注意到对面那张凶神恶煞的脸,充满了怀疑和好奇。罗马林捋了捋银白色的胡须。

"不要再提了?"他慢慢地说道……"不行,得继续这个话题。我想多听听有关这方面的事情。"

"但我却宁愿安安静静地再喝一杯酒……服务员!"

他们俩都靠在椅子上,互相打量着对方。"你还是像驴一样倔。"罗马林心想。然而,很显然马斯登心里想的,只有服务员正准备拿过来的苏打水和威士忌。

罗马林斜着眼瞅着这个家伙,他在喝了杜松子酒和苦啤酒之后,又喝了三四杯加苏打水的威士忌,居然还能面不改色。他又盯上了那个已经调好了的酒桶。马斯登让服务员把瓶子和吸管放在桌上,他自己已经拔掉另一个硬木栓了。

"好吧,"他说,"既然你执意要提的话,那就——敬过去。"

"敬过去。"罗马林一边说,一边就看到马斯登一饮而尽。

"过了这么长的时间,再去回忆往事,很奇怪,不是吗?你感觉如何?"

"我认为,五味杂陈。和往常一样:快乐和遗憾交织在一起。"

"哦,你已经后悔了,是不是?"

"对于有些事情,我是后悔了。但我想告诉你的是,马斯登,这次跟你见面我绝不后悔。"他笑着说,"这也是我为什么会选这个老地方见面——"他环顾着四周,望着那些闪闪发光的新东西,"你还记得这一切吗?我几乎都记不起来了。"

马斯登意味深长地望着他。"就这些吗?"他问道。

"哦,我还是记得一些事情的。我怀疑,就是你那'浪漫的'肥皂泡捣的鬼。告诉我。"他笑着说,"你不会真的以为生活就像你以前写的那些疯狂的诗句一样吧?"

"我的生活是这样的。"马斯登心平气和地说道。

"不可能。"

"真的是这样。"

"你的意思是你还没有完全长大?"

"希望不是这样。"

罗马林仰起那张英俊的脸。"行吧,行吧!"他难以置信地低声说道。

"'行吧,行吧'是什么意思?"马斯登问道,"但是,当然,你从来都没有,也永远不会明白我的意思。"

"说到浪漫?不,我不能说我浪漫过,但是在我看来,这些是贪一时口舌之欢,结果却自食恶果。"

"不要扯到哲学,行吗?"马斯登一边拿着一根鸡骨头一边质问道。

"跟哲学毫无关系。"罗马林摇着头说道。

"哼!"马斯登咕哝着,剔掉骨头,"行吧,我承认是以不同方式作为回报的。"

"那么确实有回报的吧?"罗马林问道。

"哦,当然,是有回报的。"

此时,餐厅已经坐满了客人。这家餐厅是那些年轻的画家、音乐家、记者和那些跟艺术沾点边的爱好者们常来的地方。人们时不时地转过头,看着罗马林魁梧又英俊的身姿,这都要归功于新闻界、摄政界摄影机构和《学院增刊》的报道让他的脸被大众所熟知。在靠门的收款室玻璃橱窗旁,一位年轻又丰满的法国女郎清楚这家餐厅因为有名人的到来而显得蓬荜生辉,马斯登意味深长地瞥了她好几次,罗马林看着直皱眉头;那个留着金发胡子的老板好几次走上前来,关切地询问他俩对这次晚餐和服务是否满意。

那些盯着罗马林看的人心里肯定在猜,那个有幸跟他一起吃饭的饭桶是谁。

既然罗马林选择谈过去的事情而没有挑三拣四,马斯登也没什么不愿意的。他又一次把面包像子弹一样扔进嘴里,而罗马林看到他这样很恼火。马斯登其实也看出来了;但在等烤肉上来的时候,他还是继续狼吞虎咽着那些面包团,就着加苏打水的威士忌一起吞下去。

"哦,当然是有回报的。"他继续说道,"但是,不是这种回报——"他指了指一个脖子系着黑色缎子领带的年轻人,但很快转过身去。"——不是那种受人敬仰的回报,而是其他形式。"

"那跟我说说吧。"

"当然可以,如果你想知道的话。可你是主人。你该先跟我说说你的事,不是吗?"

"可我记得你好像说过你知道我的事——你一直在关注我的职业生涯？"

"没错，是这样。不是你的荣誉和学位。让我想想，你有些什么来着？皇家艺术院会员，D.C.L，是文学博士吧？不管它是什么意思了，还有这个或者那个方面的教授，这还没完。这些我都知道，我不是说你配不上这些荣誉，我也很喜欢你的画作，但都不是这些。我想知道你站在人生顶峰是什么滋味。"

这个问题很幼稚，罗马林觉得就连回答这个问题都显得很愚蠢。这种问题应该是一两个桌子开外那个年轻粉丝问的。罗马林看出马斯登还是像以前一样随心所欲，这是马斯登自己人生信条的一部分——不是为了做事而做事，而是纯粹想去做这些事情。当然，在像马斯登这样的人眼里，罗马林这样的人做事情都会提前考虑后果的；但他却不是这样的，他认为罗马林只是自寻烦恼。马斯登在刻意寻找自己人生目的的时候，却迷失了；而罗马林则对此感到严重怀疑，因为马斯登在极力声称自己没有迷失的时候，正好可以看出他其实已经迷失了。

但他尝试过——尝试挽救马斯登的职业生涯。他告诉马斯登，他能取得这些成就完全是因为运气好；当时正好另一位画家生病了，所以把自己未完成的任务委托给他。他告诉马斯登，自己当时虽然穷苦，但很幸福的婚姻，还有他的妻子发了一笔意外之财，虽然不多，但相当于雪中送炭。他还告诉马斯登，自己很幸运结识到很多好友，他的第一项重要的任务，画了一幅壁画，他就因此获得了院士；接着他又把画卖给了著名画家钱特里，他之后又获得了报酬丰厚的访问学者资金；后来还在董事会委员会中工作过。

当罗马林说话的时候，马斯登把他的空杯子拿了过来，手指蘸了蘸洒出来的酒，然后用手指的指甲在杯沿上划来划去。他们以前就这样，一整个屋子的人都只顾唱自己的调，发出的声音又尖又高，十分刺耳。罗马林只好硬着头皮继续讲自己的故事。

但那种微弱的像蝙蝠叫的声音打断了他，他勉勉强强地说完了，对他的成功做了一些空洞的概括。

"啊，但是在什么方面取得了成功？"马斯登问道，手在玻璃杯上演奏的动作停了一会儿。

"只要有目标，不管是什么都会成功的。"

"原来是这样啊！"马斯登说道，继续手上的动作。

罗马林在讲述自己的生平时试图尽量缩小他们俩境遇之间的差别，而马斯登却一心想要放大这些差距。他有那些一无所有之人的共性。渐渐地，罗马林开始意识到，他长途跋涉只为见到这个宿敌，但两人之间的和解看上去还是遥遥无期。他心里开始预感到，他们俩的这次见面不会有什么好结果的。像往常一样，他恨这个男人，讨厌看到他的脸，讨厌听到他的声音。

接着，餐厅老板带着一脸歉意走过来。说抱歉打扰他们俩，但划玻璃杯的声音……实在是有点打扰到别人……有一位客人已经向他抱怨了……

"啊？"马斯登喊道，"哦，这个啊！没问题！我想这玻璃杯还有更大的用处。"

说完，他又把玻璃杯斟满了。

马斯登喝完这杯就有点醉意了。这杯酒四分之一的量，就足够让一个不怎么沾酒的人酩酊大醉，但这量只能让马斯登两眼放光。他讥讽地笑了笑。

"就这些吗？"他问道。

罗马林简短地回答道，他要说的就这么多。

"你也没提到皇家艺术院会员和那个什么D.C.L.的啊。"

"那么我就再补充一句，我是一名民法博士，也是皇家艺术学院的正式成员。"罗马林说道，他的忍耐已经快到了极限，"现在，既然你不把这些当回事，那么你能告诉我你的事吗？"

"哦，当然可以。不过，我不太清楚——"他停顿了一下，瞥了一眼刚走进餐厅的一个女人——而这一瞥却让罗马林脸都红了，低下头来，"也许你对我的生平往事，就像我对你的那样不屑一顾。那个柔顺的女人；当那个有点瘦弱的金发女郎真的变成魔鬼时，内心是最恶毒的那一种……"

罗马林毫无歉意地看了看手表。

"行吧，"马斯登笑着说道，"那就看看我的人生都有些什么吧。但是我可警告你，可没什么光彩的事。"

罗马林对此毫不怀疑。

"但这是我的人生，而且我以此为荣。我干了——除了获得荣誉和学位之外的——所有事情我都干过！如果我还有什么没干过的事的话，你告诉我，再借我一英镑，我马上就去干。"

"你还没说你的事。"

"是的。继续说吧……好吧，你知道的，除非你真的忘了我是怎么开始的……"

他俩中间的桌子上放着水果、核桃壳和核桃夹，桌边的菜单挡住风，咖啡壶里的咖啡在那摇曳的蓝色火焰上沸腾着。此时，罗马林正在用餐刀削梨子皮，而马斯登谢绝了那杯波尔图葡萄酒，要了一小杯金色的白兰地。整个餐厅里座无空席。就连老板自己都把最上等的香烟盒雪茄拿出来了。服务员倒完咖啡后，一手拿着咖啡壶一手拿着餐巾离开了。

马斯登已经陷入自己的故事之中了……

马斯登津津有味地讲故事的样子把罗马林吓坏了。正如马斯登之前说的那样——没有一件事他没干过，没有一件事他不是欣喜若狂，最后的结果是自食恶果。在他可怜又可笑地竭力捕捉到最后一丝情感时，他说的恶魔似巧妙却又毫无想象力。他那邪恶的好奇心没有放过任何东西，他那反常的食欲简直不可理喻。这是赤裸裸的罪恶。那些细节说都说不出口……

马斯登自始至终都非常自负。罗马林听着他说话的时候脸都变白了。什么！为了使社会孕育出的坏人能说出"我知道"，就能亵渎神灵、打破习俗、玷污纯洁以及影响公正，而属于白天的光明与美好都将深陷黑夜的泥潭中，而这个黑夜以前叫作——现在还这样叫——它有一个温柔的名字，叫"浪漫"？是的，的确如此。不仅让男男女女们都蒙受耻辱，就连"浪漫"赖以生存的清白制度也受到了耻辱。当这一切都结束的时候，他又应该放眼于什么呢？

"浪漫——美——事物本来就拥有的美！"他声嘶力竭地说。

如果此时餐厅里的人都看向罗马林的话，那肯定是被他脸上的恐怖表情吸引的。他掏出手帕，擦了擦额头。

"但是，"过了一会儿，他结结巴巴地说道，"你只是在泛泛而谈吧——这些可怕的理论——只有魔鬼才能干出来的事情——"

"什么？"马斯登大声喊道，在得意忘形之际稍微克制了一下。

"天啊，当然不是！我就做过这些事情，我真的做过！你还不明白吗？如果你真的不明白，尽管问我！"

"不可能，这不可能！"罗马林也喊道。

"但是我真的做过！你来就是为了知道这些的，那我就告诉你！我试过阻止你，但是你执意要这样，上帝保佑，那我就说给你听！你觉得你的人生很充实，而我的人生却很空虚？哈哈！浪漫！我确信有浪漫，而且我还有勇气！我跟你说的这些不过是十分之一！你想听些什么？在热恋的时候爬卧室的窗户吗？谁挡我的道我就杀谁？（我确实在决斗中杀过人。）像这样榨干生命的汁液？"他一边说着，一边指着罗马林的盘子，而罗马林一直在吃葡萄，"你发现过吗？当我说我要做一件事时又退缩了，就像当我们——"他迅速地用两只手朝着餐厅地板中间做了个手势。

"我们俩打架的时候？"

"没错，当我俩打架的时候，就在这儿！哦，不！哦，不！但我告诉你，我过好了人生的每一刻！没有头衔，没有学位，但我过着你做梦都想不到的人生——"

"我的天哪——"

但突然之间，马斯登本来提高的嗓音又降低了。他开始不由自主笑得浑身发抖。那笑声就像很久很久以前一样，罗马林听到这熟悉的笑声就忍不住恨他。一听到这个畜生的声音就开始恨他，自打他们俩一进到这个餐厅，他的每一句话、每一个眼神、每一个动作、每一个手势，愈发增加了罗马林对他的恨意。而他现在还咯咯地笑着、一直不停地笑、笑得浑身发抖，好像还要披露一些骇人听闻的趣闻似的。此时，罗马林已经把餐巾扔到一边，招呼服务员，说道："跟我一起用餐的这位先生……"

"嘀，嘀，嘀，嘀！"马斯登带着醉意说道，"先生我可好久都没跟老朋友罗马林一起在这儿吃饭了！你还记得上次吗？你还记得吗？噼里啪啦！在桌子那边挨了我两拳——罗马林，哦，你还真抗揍！然后，呵，好家伙，你又跑回桌子那边——周围全是人——法夸尔森叫着我的名字，史密斯叫着你的名字，接着就打起来。罗马林……你不会真的不记得我们为什么打起来了吧？"

罗马林当然记得。那时候他还不是现在的生活哲学大师。

"你说她不应该——你知道的，可怜的帕蒂·海恩斯——你说她不应该——"

罗马林一下子从椅子上跳了起来，拳头狠狠地砸在桌子上。

"但谢天谢地，她什么都没做！至少你也没有做过！"马斯登也跟着跟跟跄跄地站起来。

"噢，噢？你真这么想？"

一个疯狂的念头从罗马林的脑海里闪过:"你的意思是?"

"我的意思……噢,噢!没错,就是我的意思,罗马林,她确实做了……"

餐厅里起码有五十个人在抽雪茄或香烟,只能在一片烟雾缭绕中模糊地看见那些墙镜,俗气的墙上所画的《爱与牧羊女》图案,用餐的客人都站在他们桌前,突然所有的这一切在罗马林眼前来了个一百八十度大转弯。接着,他感觉到自己好像站在什么东西上,很难保持身体的平衡;他一把抓住刚刚削梨子皮用的餐刀,刺向马斯登的脖子。圆形的刀刃"啪"的一声断了,但是他继续用崩了边的刀刺过去,刀子留在刺进去的地方。桌子整个向上倾斜,几乎都垂直了;而桌子上方马斯登的脑袋消失不见了;接着玻璃杯、雪茄、用作装饰的假花以及他紧紧攥着的桌布也都随之消失不见了,那块脏兮兮的美国桌布上什么东西都没有了。

但那个桌角还是垂直的。一群搬运布景的工人们正把一块块布景从一家剧院搬到一台双轮货车上……

罗马林知道,在这一瞬间,他看到了过去、现在和将来;而马斯登则站在那只彩绘的翅膀后面。

而且他也知道,只要等那个货车走之后,他会挽着马斯登的手一起走进那家餐厅,事情会是这样的。据说一个溺水之人,会在一个不可捕捉的瞬间看见所有的一切。他们说，一个做了长达一年的梦，只不过是分子在清醒时刻的瞬间安排，我们将思想联系在一起；历史的过去和预言的未来，在一个我们称为"现在"的神秘时刻重合了……

这一切没准真能成为现实……

此刻，罗马林还站在那儿，但下一刻，他转过身拼命地逃跑了。在街角的拐弯处，他撞上了一个流浪汉，幸好旁边有堵墙，他们俩才没有摔倒。罗马林发疯似的把手伸进口袋，掏出一把银币，然后塞进那流浪汉的手里。

"给——快——拿着！"他气喘吁吁地说道，"那边有个人，就在那餐厅门口——他在等罗马林先生——去告诉他——告诉他罗马林先生出事故了——"

说着他便飞奔而去，留下那个流浪汉盯着手中的银币。

香烟盒

"洛德,来一根吗?"我把香烟盒递到洛德面前说道。此刻他没在抽烟,也好久没说话了。

"谢谢。"他回答道。他不仅拿了一根烟,还把香烟盒也拿过去了。其他人还在继续聊天,洛德又沉默起来,但我注意到他一直把我的香烟盒拿在手上,还时不时饶有兴趣地打量着,但却不像是被它的设计或是奢华外观吸引。不一会儿他看向我。

"这香烟盒很不错。"他说完便把香烟盒放回桌上,"我以前也有个一模一样的。"

"每家店铺的橱窗里都有卖的。"我说。

"你说得对。"他不无怀疑地说道,"我的香烟盒弄丢了。"

"是吗?"

他笑了笑:"哦,也没什么,后来我又找到了。不要紧张,我不是说你的这个是我丢的那个,但我的确实是丢了,后来又找到了。但这整个事情却相当奇怪。我一直没能理清楚,不知道你能不能帮我理清楚?"

"除非你把整件事的来龙去脉告诉我,不然我肯定也不清楚。"我回答道。

于是,洛德又从桌上拿起那个银制香烟盒,一边握在手中,一边开始说起来:

"那件事发生在普罗旺斯,那时候我像那边的马尔舍姆一样大——而且也一样浪漫。当时我跟卡罗尔在一起——你们还记得可怜的老卡罗尔吗?他曾经也是个浮华少年——四个马尔舍姆加起来也只有他那么浪漫(马尔舍姆,打扰一下好吗?那是一个浪漫的故事,至少按照场景算是的)。当时我们在普罗旺斯,卡罗尔和我,我俩都才二十四岁左右,就像我说的,那时候很浪漫,然后——然后就这样发生了。

"但你必须要明白的是,当一个人二十四岁的时候,会发生很多的事情,但这件事绝对是最重要的。如果不是在普罗旺斯,我想也会在别的什么地方发生,即使没有普罗旺斯那么美好的话,应该也差不了多少，但是那件事就发生在普罗旺斯，闻起来就像（你们可能会说）二十四岁的味道，就像松香、野薰衣草和金雀花一样……

"我们只背上包，着了魔似的到处转悠——从位于阿尔黛雪的某个地方出发，一直往南边走，穿过许多葡萄藤、杏树和橄榄树——途经蒙特利玛、奥朗日、阿维尼翁，而且我们还在一个满是断壁残垣、怪石嶙峋的小镇——雷博村待了两个星期。在那儿，我们无所事事，随心所欲地去一些我们喜欢的地方逛逛。更确切地说，是卡罗尔喜欢的地方，而且卡罗尔还随身带着一本《高卢战记》，我猜他心里还有个想法，就是游遍所有罗马人征服的土地——我记得他把我从这儿拽到那儿，到处都逛了个遍；我记得那个地方叫布利也尔，因为我也忘了在那儿的河床底下埋着几万人的尸骨，战争年代，他们戳穿水桶，这样一来想要得到水的人必须往前冲，为之而战。接着我们去了亚尔，在那里卡罗尔爱上了所有带有黑天鹅绒蝴蝶结的发饰。之后我们又去了塔拉斯孔、尼姆斯等地，一般游客都会逛的一轮景点——我就不耽误你们的时间了。总而言之，我们在那儿待了两个月，直接吃树上结的杏子和杏仁，看着那些女人们在公共洗浴池旁的法国梧桐树影下唱着《玛嘉莉》和《奎坎特斯》。而卡罗尔则一直谈论着恺撒大帝、韦辛格托里克斯还有但丁，而且他还为了看懂《费利布里奇日报》上的内容，在努力学习普罗旺斯语，而如果那些内容是用英语写的话，他连看都不会去看的……

"接着，我们又去了达比森。我们之前还遇到了一些年轻人——其中有个叫兰贡的年轻人，他就是达比森那一带的葡萄种植园主。他还说要是我们碰巧在附近玩的话，我们可以去他那儿待上几天，他和他妈妈就住在那儿。我们既然刚好也要去那里，所以就在寄了一张明信片给他后就出发了。那时候好像是六月底还是七月初。整整一天，我们走过一大片葡萄藤丛生的平原，又穿过一道用千鸟草编成的篱笆和一排足有六十英尺高像挡风板一样的柏树；柏树的北面全是白茫茫的，沾满了灰，因为密史脱拉风已在此地'狂欢'了三天，它怒吼着穿过那道篱笆，直到二十码开外的树几乎都被吹倒了。我记得那是一个狂风怒号的日子——但是快到晚上的时候，风力减弱了一些。那时候，我俩正在像傻子一样，仔细研究我们自己的地形测量图，我们只有没有镶边的纸地图，而不是亚麻布的地图——就在这时，兰贡亲自找到了我俩，他从一辆非常破旧的马车上下来接上我们。紧接着，他又一个人驾车穿过达比森，把我们送到一个离达比森只有一英里半的房子里，他和他的母亲就住在那儿。

"他不会说英语，当然，兰贡也不是法语和普罗旺斯语都会。在他驾车送我们的时候，卡罗尔把他当作一本法语——普罗旺斯语字典，不停地问他一些东西用方言怎么说——我打断一下，对于普罗旺斯语——我觉得真的无语。如果普罗旺斯语真的要被取消的话，我认为就让它取消吧。就我个人而言，我都无所谓，我只是相当同情当地的政府。举个例子，那次周日去雷博村的短途旅行，在那里我们看见有人提着纸灯笼，点着焰火，其中还有一个人滔滔不绝地叫喊着：'啊！阿尔勒的维纳斯是多么的纯白无瑕啊！'——他们这样已经够好了，但是要是跟我们的公共假日和周日联盟野餐相比的话，还是……但是这些毕竟都跟我要讲的故事无关……于是兰贡就继续往前开，当我们到他家的时候，卡罗尔已经差不多把《玛嘉莉》整首歌都学会了……

"毫无疑问，我想你们也知道，对于一个年轻的葡萄园种植主来说，住在这儿生活一定程度上还是有点受限制的；当我们到他家的时候，兰贡忽然想起一些事——据我所知，他应该一直想找机会告诉我们，但因为卡罗尔和他的普罗旺斯语，让兰贡一直没能插上嘴。好像是他母亲已经好几天不在家了——当然，兰贡向我们表达了最深切的歉意，尽管之后他骗了我们，但到目前为止他还是很有礼貌的——当然，我们也出于礼貌表示感到遗憾，但是我一开始搞不清楚他母亲在不在家有什么区别；直到兰贡一再地道歉表示我们还得回到达比森吃晚饭，我才明白其中的区别。在兰贡老夫人离开家的这几天里，她好像把家里所有的女性家眷都带走了，留下她的儿子无人照料；只剩下我们刚在院子里看到的那个老头，他正在修一个黄色的双缸洒水车；接着他们拍了拍马背，马车就这样在一排排的葡萄藤之间穿行着——当我们站在大厅里喝着开胃酒的时候，兰贡向我们解释了这一切——大厅里摆满了橡木家具和照片，还有一个摇篮一样的面包床，大厅里的门左右都能通到一楼的其他房间。他还说因为晚饭后又占用了我们一个小时的时间，希望我们宽宏大量能原谅他——他说，我们的明信片来得太突然了，那时候他约好了他的代理人要谈谈明年秋天葡萄节的相关事宜——当然，我们也恳求他千万不要因为我们的事耽误了他的生意，哪怕一点点都不行。他又对我们感激不尽。

"'但是，尽管我们是在村子里吃饭，我们还是会带上自己的酒，'他说道，'绝对是好酒——我自己的酒——你们等下就知道了——'

"接着他带着我们在他的葡萄园转了转——我也不记得那里有几百英亩了，然后又走进了一座大楼，那里有许多压榨机、水泵、酒桶和一个他们称为'雷电'的大酒桶——大概七点左右，我们带着酒走回达比森去吃晚饭。我觉得我们吃饭的那家餐厅应该是当地唯一的一家餐厅，而我们健壮的东道主——他腰杆笔直、身材很好，眼睛也很迷人——总体而言，把我们招待得很好。他的酒确实是好酒，喝了酒之后我们聊了好一会儿……

"刚才我说像兰贡这样的人，在这种地方生活肯定有点受限。吃晚饭的时候，我更加确信这一点了。我们在靠窗的位置吃饭，窗户还是开着的；窗户外面可以看见一条小溪，上面铺着木板；白天的时候，妇女们在这儿洗衣服；到了晚上，她们就聚在这儿闲聊。我们吃饭的时候，就有十几个女人在那儿小声地说笑着。天很快就黑了，那时候那些女孩都很漂亮，而且她们自己也知道这一点——我想你知道的，马尔舍姆。她们身后，也就是街道的尽头，在那一排排看上去像挡风板的柏树中，有一棵高高的柏树遮住了天空，其他的柏树参差不齐，有点像雨针在雨量图上画的线条；你只能通过说话的声音，来分辨站在芭蕉树底下的人是男是女；他们叽叽喳喳地聊着天，有时候忽然语气又变得低沉起来……有次我还隐隐约约地听见有人扭打在一起，还听到有人在接吻……就在那时，兰贡就遇到了一个小麻烦。

"兰贡似乎一个女孩都不认识——或者说不允许他认识任何女孩。村子里的女孩子都很漂亮，但你看事情是这样的——他得维持自己的地位——维持自己的形象——在一年的时间里，只有在秋天摘葡萄的季节会接触到女孩子们，他们根本没办法互相熟悉……一旦卡罗尔给他一点机会，他就开始问我们一些问题，都是关于英国、英国的女孩们以及她们所拥有的自由等这些类似的问题。

"当然，我们也没办法告诉他许多他听都没听过的事情，但这也没什么关系；因为无论我们说多少，这位魁梧的年轻葡萄园种植主都可以承受得住；他一连问了我们十几个问题，我俩也很乐意马上就回答他的问题。还有在谈话中，他所流露出的喜悦与嫉妒之情！……什么！在英国，年轻男性可以见到与自己同阶层的年轻女性，而且还没有任何的限制，还能见到他们朋友的姐妹们，甚至是在家里都可以吗？年轻男性也可以跟年轻女性一起喝下午茶吗？或者未受到邀请也可以直接参加晚会吗？……他房间里贴着后期修士长的图片，他告诉我们（我肯定他也有以前修士长的图片）；修士长和政教分离肯定对女修道院里针对年轻女性的教育体系有一定的影响，而且我们的年轻男性，你们称为什么来着？——'同学'——男女同学——天哪，就是这样！……所以他似乎对于我们离开像英国那样幸运的国家，来到他们这个尘土飞扬、到处弥漫着野薰衣草味道，并且还没有多少女孩子的普罗旺斯这件事感到十分惊讶。你真的是身在福中不知福啊，马尔舍姆……

"嗯，我们就这样聊了起来——吃完以后我们便离开餐厅，坐在外面的一张长椅上，兰贡坐在我俩中间——突然，他看了一眼自己的手表，说他该去见自己的代理人了。他问我们，可不可以先出去散会儿步，然后再在这儿碰面？他说……但是既然他的代理人也住在兰贡家那边，那么我们就是在一个小时之后在他家碰面。接着他便走了，我敢肯定他羡慕所有来这儿的英国人……我跟你们说过我们那时候有多年轻吧！可真羡慕那时候啊！唉！

"兰贡走了之后，我跟卡罗尔便站起身来，伸了伸懒腰，然后就去散步了。我们走了一英里左右,直到天完全变黑我们才回头;当我们走到一片漆黑的柏树篱笆旁时,我一直跟你们说的那件事就发生了。篱笆那块有一处急转弯,当我们绕过那儿时,看到在离我们二十多码远的地方,有两个女人的身影——我真的不知道她们怎么突然走到那儿的;就在那时我又发现自己踩到了一个小小的白白的东西,在草地上还闪闪发光。

"我捡起来之后,发现是一块女人用的手帕——上面还绣着花——

"前面的那两个身影正朝着我们这个方向走过来,很有可能这手帕就是她们俩其中一个掉的,所以我们就走过去……

"我摘下帽子,说了声'打扰了,夫人',其中一个女人转过头;接着,令我感到惊讶的是,她居然说的是英语——而且是标准的英音。我随即就拿出了那块手帕。手帕是那位老妇人的,看起来比另一位要年长很多,声音十分温柔,她接过手帕后对我说了声'谢谢'……

"有人说过——是斯特恩说的,对吧?——他说英国人出去旅行可不是为了见到英国人的。但我不知道如果是英国女人他是不是还这样想。我和卡罗尔都不会这样想……我们走得很慢,四个人并排穿过马路。我们在得到允许之后做了个自我介绍,她们也说了自己的名字,但是奇怪的是,我却忘得一干二净——我只记得她俩是姑姑和侄女,而且都住在达比森。但当我们提到兰贡的名字,并且说我们正要去他家拜访的时候,她们俩却摇摇头说不认识他……

"我以前从来没去过达比森,之后也没再去过,所以还不是很了解这个村子的地图。但这地方不大,而且大概二十分钟之前我们在那儿短暂停留过的房子应该就在那边。那房子有很大的双开门——双开门包含着两层含义,因为房子前有一个大的前庭门廊,在那里面有一扇小门,而外面又有一道铁隔栏把整个房子都给锁得严严实实的。那位声音温柔的老妇人早已从自己的手提包中拿出了一把钥匙,并再一次感谢我们捡到手帕并且归还她,接着她好像觉得自己有些怠慢了我们,便做了一个小小的类似于邀请的手势,并发出悦耳的笑声。

"'噢,'她一边说一边邀请我们进去,'这儿很少看到过同胞——如果你们不忙的话就进来抽根烟……说到香烟,'接着她又笑着说道,'我们姑侄二人在这里相依为命,很少会有客人来这儿——'

"我正准备接受她的邀请,然而卡罗尔却抢在我前面就答应了,并说听到英语勾起了他的思乡之情,而这一说法就显得他最近学普罗旺斯语的热情不过是无耻的虚情假意罢了。卡罗尔这小子,可真是个能说会道的小无赖啊……接着那位老妇人便打开了那道铁隔栏,又把里面的那扇木门打开了,我们就跟着进去了。

"那位年轻的女士从门后的托架上拿出一根蜡烛,在烛光中,我们才看清我们正在一个非常气派的大厅或前厅里;我纳闷的是,兰贡居然没有跟我们提到这栋如此富丽堂皇的房子；我更纳闷的是，这里的房客肯定都是英国人，而且都很有品位。我真的想不明白，此时我的脑海里已经充满各种各样的猜想了，你们知道的，现在不管这对姑侄俩的话是否可信，我对兰贡这个人已经产生了怀疑。其实我们对那位年轻的种植园主一无所知，你们明白吗？

"我环顾四周。靠墙放着许多外表花哨的木桶，里面还放着许多光滑的龙舌兰和棕榈树——我记得，其中一株龙舌兰正开着花呢。房子中间还有个小喷泉，发出叮叮当当的水声。我们把帽子放在一张雕花的镀金玄关桌上。我们面前是一段宽阔的楼梯，平缓的台阶一尘不染，还有一个精致的镀金扶手。楼梯间上有更多的棕榈树和龙舌兰，还有一扇浅灰色的双扇门。

"我们跟着女主人走上楼梯。我现在似乎还能听到，我们的靴子踩在又硬又亮的楼梯上发出清脆的咔嗒声，也能看到扶手上闪烁的烛光……那位年轻的女士——她应该只是个小女孩——推开门，我们便走了进去。

"我们走进的那间房间，跟其余的房间一样，装修风格虽然相当老式但很精致。房间又大又宽敞，保存得也很好。卡罗尔正在四处寻找那个小姐……不管她叫什么……她点燃了烛台上的蜡烛。火焰蹿上来的时候，烛光映在擦得发亮的地板上闪闪发光，地板上很干净，除了一块东方地毯以外什么都没有。那位老妇人坐在一把镀金椅子上,看上去像是一把路易十四式椅子,因为上面有典型的矮牵牛花式条纹;我真的不知道——不要笑了,史密斯——我也不知道我是不是中邪了,怎么会去碰她的手,而且在她坐下的时候我还特意弯下身去。她椅子后面还有一个旧刺绣架,我还记得远处的墙上还有一面巨大的椭圆形镜子,上面还有一排排烛台,这面大镜子几乎占了整面墙,那是我见过的最明亮、最清晰的镜子了……"

他停了一会儿,盯着我的香烟盒,然后又把它拿回手里。他像是想起什么,微微一笑,大概过了一分钟他又继续说下去:

"我得说我有点恼火,我们在一个钟头前吃晚饭时就说好了,但到现在并没有看见兰贡。我还是不明白,这么有魅力的邻居住在附近,兰贡居然不认识她们,但我不想继续追问这位老妇人认不认识兰贡的事,因为我知道她不愿多与人交往肯定有自己的理由。而且,我们要是感谢兰贡的热情款待的话,也应该是在他去伦敦的时候同样这样招待他,而不是在他自己的家门口……不一会儿,我就把兰贡忘得一干二净,而且我很肯定卡罗尔也没有在兰贡身上浪费一点心思,因为他正在和那姑侄俩谈论着什么去费利布里奇旅游之类的事情,还一边轻轻地哼着古诺的《蜜芮儿》。不久,卡罗尔——你们应该还记得他那美妙的低吟、哼唱时的嗓音——不久,卡罗尔又开始低吟他们称为《分分秒秒》的那首曲子,但是声音太小了,在房间里根本听不到,我便时不时地用轻柔的低音去附和。你们知道的,没有任何的乐器,只是没有伴奏的低吟,都没有风琴声大;但听起来却饱含着无尽的悲喜交加——怎么来形容呢？'凄凄惨惨戚戚',几乎可以用'苍白无力'来形容——在那间正式又很古老的房间里,那面巨大的椭圆形明镜反射着墙上壁灯里蜡烛的烛光。外面的风已经完全停了,一切都很安静；突然卡罗尔的同伴哼起了《常常在静夜里》那首曲子,声音比叹息声还小——你们应该也知道那首曲子……"

他又停下来,低声嘀咕着。接着,他莫名其妙地笑了笑,又接着说下去:

"但是,尽管一切是如此甜蜜且迷人,我们还是得离开的,我想知道现在几点了,但却没有问——经历这一切之后,任何跟钟表有关的东西就像是没有感情的冷冰冰的机器……没过多久,我们站起身来,我和卡罗尔都没有问她们,明天是否可以再登门拜访以表感谢,感谢一起度过的那美好的一小时……那两位女士的感受似乎也跟我俩一样。她们没有说'期待能在伦敦再见到你们'——连一句再见也没有,法语或英语的再见都没有——只有彼此心照不宣地认为那共度的一小时应该被封存在记忆中,就像接受一份礼物而绝不对它吹毛求疵一样,这一小时跟之前和之后的任何一小时一样,没什么特殊的——我不知道你们是否明白我所说的话……请给我一根火柴……

"我们就这样离开了,只是交换了一下眼神。我们的指尖在手背和嘴唇之间停留了一会儿。我们自己找到了出去的路,沿着那座带有精致扶手的平缓楼梯一直往下走,又走出那扇双开门和铁隔栏,再轻轻地关上它们。我们朝着村子走去,没说一句话……啊!"

洛德又拿起香烟盒,虽然他的眼神一直停留在香烟盒上,但是我怀疑他根本没在看它。我很肯定他并没看,因为他瞥了我一眼,就像在说"我看你是在好奇什么时候才能说到香烟盒的事"……他又笑了笑。

"好吧,"他继续说道,"我们回到了兰贡家。当我们把这件事告诉兰贡时,你们知道的——他居然觉得我们在逗他,但我真的不怪他,因为他从来不认识任何女性,这不是他的错!他说,在达比森根本没有什么英国女人……我们尽可能告诉他那房子的具体位置——但恐怕我们描述的也不是很精确,因为当我们穿过村子的时候,到处都是黑漆漆的,我也不得不承认,当我试图描述我们是在那一道柏树篱笆旁见到那两个女士的时候,其实那道柏树篱笆就和其他普通的柏树篱笆一样——而且,正如我所说的,兰贡根本就不信。

"我自己也很恼火,他居然觉得我们俩就是通过骗他来回报他的热情款待,但是不管是用我蹩脚的法语还是卡罗尔的普罗旺斯语,要想跟兰贡解释清楚这件事就这么着了,我们也不准备再去拜访那充满魅力的朋友了,这不是件容易的事……结果就是兰贡只是笑了笑,再打了个哈欠……

"'我知道我的酒是好酒,'他说,'但是——'他耸耸肩接着说,'但却没有那一小时那么好。'他的意思是……

"接着他给了我们一些蜡烛,带我们去了我们的房间,握了握手后,大步走回自己的房间。

"半夜我梦到了那位老妇人。

"第二天早晨我喝完咖啡后,把手伸进口袋里想拿出我的香烟盒,却没有找到。我翻遍了所有衣服的口袋,我还问了卡罗尔是不是他拿了。

"'我没拿,'他回答……'我想你是昨天晚上落在那个地方了!'

"'对,你真的这么想吗?'兰贡突然冒出来,眼睛里都闪着光。

"我又把所有的口袋都翻了一遍。还是没有香烟盒……

"当然,很有可能就是落在那儿了,于是我又生气了。你们懂的,我根本就不想再回去……但是,转念一想我又不想失去那个香烟盒——它是别人送给我的礼物——而且兰贡的笑也让我很上火。这样的话,既能验证我们说的都是实话,又能证明他的酒确实是好酒……

"'没准真落在那儿了,'我嘟囔着,'要是那样的话,我们就去拿回来。'

"'要不要先去昨天那家餐馆看看?'兰贡提议道,他又笑了起来。

"'当然可以。'我闷声说道。尽管我记得离开那家餐馆后那香烟盒还在我身上。

"我们九点半的时候到了那家餐馆。香烟盒不在那儿。我其实早就知道不在那儿了,而且我还注意到兰贡正憋着笑呢。

"'所以我们现在是要去那两位英国女士的住宅找找看,对吗?'他问。

"'没错。'我说。接着我们便离开了那家餐馆,沿着前一天晚上走的那条路大步流星地穿过村子……

"那个种植园主的笑越来越惹毛我了。当我们经过最后一间房子走到开阔的平原上时,他马上就说道:'那应该是接下来的村子了?'

"我们又走了回去……

"你们知道的,虽然我们是二对一,卡罗尔一直在帮我说话,但是我还是很生气。'有一扇双开门,前面还有一道铁隔栏。'他一路上都这么说,这已经是第五十遍了……兰贡只是说,他并不是怀疑我们的诚意,而且实际上,他并没有提到'醉'这个词……

"'对了,'他突然说道,努力憋着笑,'如果这是真的话……如果这是真的话……一扇带有铁隔栏的双开门?但也许我知道,如此难以捉摸的女士们的住所在哪儿……往这边走。'

"他带着我们沿着一条两边全是芭蕉树的街道往回走,突然拐到一条小巷里。这条小巷就是两条臭水沟，只能从两边破砖烂瓦的屋顶的缝隙间望见一小片天空。那就是一条破破烂烂、荒废已久的窄巷，当兰贡问我的时候，手指着一个破旧的前庭门廊，前面还有一道断了半截的围栏，我都快气死了。

"'这是你说的那房子吗？'他问道。

"'当然不是。'我说。接着卡罗尔也说了声'不是'……离开那之后，我们又开始继续找……

"但过了半个小时，我们又回到了老地方，卡罗尔不禁挠了挠头。

"'到底谁住在那儿？'他噘着嘴问道，眼睛瞪着那前庭门廊，双手插在口袋里。

"'没人住。'兰贡说道。就好像在说'看看这栋房子！''先生，考虑一下要不要买下它？'……

"接着我插了一句，其实那时候我已经很生气了。

"'这栋房子的租金多少？'我问道，好像为了报复他，我真的想买下这栋房子一样。

"他说了一个让人笑掉大牙的低价，还是以法郎计算的。

"'至少我们得进去看看再说。'我说道，'我们能拿到这座房子的钥匙吗？'

"他弯下腰往里面瞅了瞅。接着说道：'钥匙在一个面包师那里，

离这不到一百码……'

"后来我们拿到了钥匙。拿到的是里面那扇木门的钥匙——那生锈的铁隔栏根本不需要钥匙——卡罗尔碰了一下，那锁就从单铰链上掉了下来。卡罗尔打开铁隔栏后，我们几个人在门口站了一小会儿，互相示意看谁先进去。接着兰贡先走进去了，我还听见他嘴里嘟囔着：'打扰了，女士们……'

"接下来便是最奇怪的部分了。我们来到一个前厅或门厅的地方，中间横着一根破铅管，里面还有一个干燥罐。我们面前是一个宽阔的楼梯，通往二楼，在昏暗的灯光下可以看见楼梯间那儿有一扇双开门。墙边摆着许多的旧木桶，但那些棕榈树和龙舌兰早就枯死了——只有一两颗卷心菜——旁边地上还散落着一些生了锈的木桶箍。其中一个木桶已经完全裂开了，碎成一片一片的了，就像是一堆杂土上的一堆木棍。而且所有角落都沾满了灰尘——地板上的灰尘起码有一英寸那么厚了，都能盖住脚步声了；蜘蛛网就像旧抹布一样挂在墙上，有一个看起来像妖怪的破衣服一样的蜘蛛网挂在门后的那个小支架上，那锻铁的扶手上也全是蜘蛛网，但里面连一只活蜘蛛都没有。这所有的一切都很离奇……

"'就算租金再怎么低，这鬼地方都不会有人住的——'

"兰贡嘟囔着，一边还用食指在扶手上抠出一道痕，起码得有一英寸那么深……

"'上楼去看看。'我突然说道……

"我们上了楼,但楼上也跟楼下一样乱。当我推开那扇双开门时,一堆乱七八糟的东西就掉了下来,我还得划一根已经发臭的法国硫黄火柴,因为只有这样才能看清整个房间。就像走在厚厚的法兰绒上,除了我们的脚踩在厚厚的灰尘上,全都是灰尘——就像是一片毫无痕迹的雪原。我手中的火柴熄灭了……

"'等一下——我这儿还有根蜡烛。'卡罗尔说着就划着了那根蜡梗火柴……

"那儿还有些烛台,但里面连一根蜡烛头也没有。还有一面巨大的椭圆镜子,但是上面积得灰太厚了,在镜子里根本看不见卡罗尔手上那根蜡梗火柴反射的光。那儿还有许多破旧的椅子,全都散了架,还有一张快要散架的旧圆桌……

"突然,我往前冲去。在卡罗尔手中蜡梗火柴的光亮下,桌子上有什么新奇又明亮的东西在闪着光。这根火柴也熄灭了,当卡罗尔再点燃另一根的时候,我忽然停住了脚步。我想让兰贡去看看那桌上到底是什么东西……

"'你从我的脚印可以看出来,我离那张桌子有多远了吧。'我说,'你能把桌上的东西拿过来吗?'

"接着兰贡走上前去,从桌子中间拿起一个东西——就是我的那个香烟盒。"

洛德讲完了。没人说话。过了好一会儿都没人说话,接着还是洛德他自己打破了沉默,转过身来对我说道。

"你弄明白了吗?"他问。

我挑了挑眉毛。"可那个种植园主说的话——"我刚想说下去,又打住了,觉得这样好像不太对。

"有人弄明白了吗?"洛德转过身来一个一个地问道。

我从史密斯的脸色可以看出,起码有一件事他还是明白的——那就是,整个故事都是洛德瞎编的。但是史密斯却不说出来。

"至今有人发现那儿曾经有英国女士居住过吗?——被谋杀了,你们知道的——有人在那儿发现过英国女士的尸体吗?"年轻的马尔舍姆满脸疑惑地问道,渴望知道故事的结尾。

"目前还没有。"洛德回答,"我们也做过调查……所以你们都放弃了,对吧?其实,我也放弃了……"

说完他就站起身来。当他朝门口走去,我跟着他帮他拿帽子和手杖的时候,我听见他轻声哼着歌——是《常常在静夜里》里面的歌词——

"我如同孤身一人走过,旧时堂宇静无人,想当年多少良朋已尽;花冠也久谢,空余孤客自伤神。"

图书在版编目（CIP）数据

逆时针转 /（英）奥利弗·奥尼恩斯著；许庆红，郝玲译. —— 上海：上海文艺出版社，2023
（域外故事会科幻小说系列）
ISBN 978-7-5321-8841-3

Ⅰ. ①逆… Ⅱ. ①奥… ②许… ③郝… Ⅲ. ①幻想小说－小说集－英国－现代 Ⅳ. ①I561.45

中国国家版本馆CIP数据核字（2023）第160393号

逆时针转

著　　者：[英]奥利弗·奥尼恩斯
译　　者：许庆红　郝　玲
责任编辑：蔡美凤　吴　艳
装帧设计：周艳梅
责任督印：张　凯

出　　版：上海文艺出版社
出　　品：上海故事会文化传媒有限公司
　　　　　（201101 上海市闵行区号景路159弄A座3楼 www.storychina.cn）
发　　行：上海文艺出版社发行中心
　　　　　（上海市闵行区号景路159弄A座2楼206室）
印　　刷：上海中华印刷有限公司
开　　本：889毫米×1194毫米　1/32　印张7.25
版　　次：2023年11月第1版　2023年11月第1次印刷
ISBN：978-7-5321-8841-3/I.6968
定　　价：35.00元

版权所有·不准翻印

上海故事会文化传媒有限公司 出品（01164） www.storychina.cn

想看更多精彩故事？
扫码下载故事会APP

上海故事会文化传媒有限公司所有图书可办理邮购，免收邮费（挂号除外）
汇款地址：上海市闵行区号景路159弄A座2楼206室（201101）
收款人：上海故事会文化传媒有限公司出版发行部
联系电话：021-53204159
如发现本书有质量问题，请与印刷厂质量科联系 T:021-60829062